João Baptista da Costa Aguiar

Um homem que
se diverte na cozinha

———

As melhores receitas do site
www.senhorprendado.com.br

Copyright © 2011, João Baptista da Costa Aguiar

Diretor editorial
Pascoal Soto

Coordenação editorial
Tainã Bispo

Produção editorial
Fernanda Ohosaku

Fotos, projeto gráfico de capa e miolo
João Baptista da Costa Aguiar
contato@senhorprendado.com.br

Edição de textos
Maria Ignez França

Preparação e revisão de textos
Márcia Menin

Diagramação e coordenação gráfica
Angela Mendes

Tratamento de imagens
Pix Art

Dados internacionais de catalogação na publicação (CIP-Brasil)
Ficha catalográfica elaborada por Oficina Miríade, RJ, Brasil.

A282	Aguiar, João Baptista da Costa
	Senhor Prendado : um homem que se diverte na cozinha / João Baptista da Costa Aguiar. – São Paulo : Leya, 2011.
	400 p. : il. color.
	ISBN 978-85-8044-126-0
	1. Culinária. 2. Cozinha – Receitas. 3. Livros de receitas culinárias. I. Título.
11-0128	CDD 641.5

2011
Todos os direitos desta edição reservados à
TEXTO EDITORES LTDA.
[Uma editora do Grupo Leya]
Av. Angélica, 2163 – Conjunto 175
01227-200 – Santa Cecília – São Paulo – SP – Brasil
www.leya.com.br

NOTA DO AUTOR Cozinhar me fascina e encanta. É a magia de escolher, transformar, transmutar e sublimar ingredientes simplesmente com o trabalho. Sempre achei que o mesmo acontece no meu ofício, o desenho gráfico: juntam-se os ingredientes da informação (cores, tipos e imagens) na ordem certa para obter clareza e elegância na comunicação da ideia que se quer transmitir. A mim parece que os dois fazeres – a cozinha e o desenho – têm como objetivo seduzir alguém. O caderno de receitas na internet surgiu em 2006, como a melhor maneira de ter minhas receitas preferidas sempre à mão, acessíveis a todo momento e de qualquer lugar. Assim começou o blogspot Senhor Prendado. Não demorou para os amigos começarem a visitar o blog, experimentar e comentar as receitas.

A partir desses comentários, decidi fotografar as principais etapas do preparo de cada receita; com isso, o blog passou a ser visitado também pelos amigos dos amigos. Tantas foram as visitas que, no início de 2009, o blog virou site. Desde então recebeu mais de 400 mil visitas e já conta com cerca de 1.400 fiéis assinantes.

Tudo isso foi feito de forma amadora e divertida, sem nenhum compromisso, até que Maria Emília Bender teve a ideia de transformar essa farra toda em livro.

E, graças a Pascoal Soto, eis aqui o livro com receitas preparadas para meu almoço diário, boa parte delas ditada ao telefone por minha querida irmã Márcia Costa Aguiar, e executadas sempre com o precioso auxílio de Alessandra dos Santos Pereira, fiel escudeira.

Em todas as ocasiões contei com o oportuno apoio do casal de grandes cozinheiros Gera e Maria Lucia Di Giovanni, meus queridos amigos e vizinhos. Nos divertidos e intermináveis almoços dominicais, a presença habitual de Eliana Kestenbaum e Marco Irici foi fundamental e inspiradora. Na verdade, quero dedicar este livro a todos que me deram o prazer de compartilhar minha mesa.

Já que o blog virou site e o site agora vira livro, espero, caro leitor, que você se divirta tanto quanto me diverti.

Receita de livro de receitas à moda do Senhor Prendado

Se você, leitor glutão, gulosa leitora, anda pensando em escrever um livro de receitas primoroso em sua simplicidade e espetacular em seus resultados práticos, aqui vai minha receita, irretocável, com o perdão da imodéstia.

Pra começar, o principal ingrediente: o autor. "Mas como?!", reagirá você. "O autor não serei eu mesmo(a)?"

A resposta é "não". O autor, no caso da minha receita exclusiva, deverá ser um renomado, premiado e inspiradíssimo artista gráfico de bom porte e simpática catadura, responsável por logomarcas, cartazes e capas de livros que fizeram história no ambiente editorial brasileiro nas últimas décadas. Idealizo uma figura de contagiante jovialidade, mas com bons quilômetros rodados de vida e arte, conhecido nos meios artísticos, intelectuais e boêmios como João Baptista (o *p* mudo pode descartar na pronúncia, mas recuse imitações com a hedionda ortografia hodierna) ou simplesmente João.

E é indispensável que esse autor-ingrediente seja o típico gourmand que virou gourmet, sendo que *gourmand*, de acordo com o dicionário *Petit Robert*, seria apenas quem come por prazer, e *gourmet,* o tipo que mergulha a fundo nos segredos e sutilezas da boa gastronomia, caso do João.

Recomenda-se com toda a ênfase possível que nosso João apresente escrita cristalina, elegante, sem firulas retóricas, e abstenha-se do uso de expressões modernetes, tais como *viés mediterrâneo*, para designar qualquer receitinha básica que leve tomates, alcaparras e azeitonas pretas, ou *redução no bordeaux*, para se referir ao processo de deixar um mero molho com vinho tinto em fogo brando até ele ganhar corpo. E que o autor fuja, como o diabo da cruz e o obeso do chantilly, de modismos culinários que incluam bizarrices ao estilo das espumas sólidas de falso caviar (tem até "caviar" de quiabo!) e das pipocas caramelizadas em nitrogênio líquido da tal da gastronomia molecular – *cruíz credo*!

Ao contrário, o João da minha receita de livro de receitas deve ater-se aos pratos que integram suas próprias refeições diárias, sendo que as receitas, escolhidas por serem gostosas, tradicionais e simples de fazer, não haverão de divergir muito do que pode ser colhido num singelo passeio pelo Google. A diferença é que nosso autor-cozinheiro terá testado e aperfeiçoado cada uma delas em seu fogão caseiro, além de fotografar o passo a passo de sua confecção, de modo a não deixar dúvidas a quem vai prepará-las em casa.

Outra exigência é que, antes de faturar o livro com suas 112 receitas preferidas, ao lado de nada menos que 843 fotos dos pratos e suas etapas de preparo, o autor tenha checado sua aceitação pelas papilas gustativas do grande público por meio de um site com um nome tão charmoso e sugestivo quanto *SENHOR PRENDADO*. Isso, por cinco anos, no mínimo, e algo como 200 visitas diárias ao site, perfazendo um total de cerca de 400 mil acessos desde o dia em que estreou na rede. É com o respaldo dessa, sem trocadilho, opulenta massa crítica que o juanesco livro de receitas deverá ser criado.

Mister se faz também não fugir da categorização clássica dos bons livros de culinária. Deverão constar lá as seções de saladas, peixes e frutos do mar, aves, carnes, massas, acompanhamentos, uma variada e divertida *miscelânea* (que inclua de polenta com molho de linguiça calabresa a arroz de puta rica) e os indefectíveis *doces que vos quero doces*. Nada mais, nada menos.

Pra arrematar, que o livro de receitas do João Baptista seja lançado por uma editora de peso e larga experiência internacional – uma *LEYA*, digamos – que não economize em sua qualidade editorial e gráfica, de modo a que se tenha em mãos algo bem gostoso de ver, ler e manusear, da mesma maneira que os pratos elencados no livro hão de ser tão saborosos de comer quão fáceis de preparar pelo mais leigo dos aspirantes a *chef* doméstico. Ah, mais uma coisinha: é absolutamente fundamental que seu livro de receitas se assemelhe *ipsis litteris et imagines* a essa degustabilíssima pérola que você tem agora em mãos.

E, por falar em mãos, deixe pra lá a ideia de escrever um livro de receitas, afrouxe o cinto e mãos à massa!

Reinaldo Moraes

Sumário

12 SALADAS

34 PEIXES & FRUTOS DO MAR

88 AVES & OVOS

128 CARNES

202 MASSAS

270 ACOMPANHAMENTOS

296 MISCELÂNEA

374 DOCES & SOBREMESAS

Saladas

15

FIGOS COM PRESUNTO CRU

16

FRISÉE AUX LARDONS

21

PANZANELLA

24

SALADA DE AGRIÃO E LARANJA

27

SALADA DE BACALHAU DA MARIA LUCIA

28

SALADA NIÇOISE

31

SALADA DE RÚCULA

32

SALADA VERDE COM GORGONZOLA E MAÇÃ

INGREDIENTES

FIGOS FRESCOS
PRESUNTO CRU (PRESUNTO DE PARMA) OU COPA

SALADAS

Figos com presunto cru

FIGOS CORTADOS AO MEIO SÃO COLOCADOS DE MANEIRA COMPACTA NUMA FORMA PREVIAMENTE GELADA. DEPOIS DE FICAR SEIS HORAS NA GELADEIRA, A SALADA É DESENFORMADA E SERVIDA COM FINAS FATIAS DE PRESUNTO CRU

Descasque cuidadosamente cada figo, retirando a haste. Corte-os ao meio, no sentido longitudinal. Deixe no congelador uma forma de pudim molhada, até obter aquela pequena crosta de gelo em toda a superfície. Acomode na forma, uma a uma, as metades de figo, sempre com a parte vermelha da polpa voltada para os lados externos e para o fundo. Continue sobrepondo as camadas, até completar a altura da forma. Comprima levemente o conteúdo para que fique compactado nas laterais e no fundo da forma. Leve à geladeira por, no mínimo, seis horas. Desenforme e sirva com fatias finas de presunto cru ou copa.

15

SALADAS

Frisée aux lardons

Para evitar afetações desnecessárias, tentamos traduzir o nome da salada típica dos bistrôs franceses, sem sucesso. A verdura frisée é facilmente encontrada nos supermercados e feiras livres das grandes cidades, e lardon é o mesmo que bacon ou toucinho defumado. Os croûtons são cubos de pão dourados numa mistura de manteiga e azeite.

Corte o bacon em cubos de aproximadamente 2 cm de lado. Dê uma ligeira fervura para que percam o excesso de gordura. Escorra e reserve. Corte as cebolas em rodelas finas. Numa frigideira, em fogo mínimo, refogue a cebola na manteiga e no azeite, até que fique transparente e ligeiramente dourada. Junte os cubos de bacon pré-fervidos e deixe que dourem com a cebola.

O BACON EM CUBOS E FERVIDO

INGREDIENTES

1 PEDAÇO DE BACON COM CERCA DE 250 G
CEBOLAS ROXAS PEQUENAS ★ MANTEIGA ★ AZEITE DE OLIVA VIRGEM
SAL E PIMENTA-DO-REINO MOÍDA NA HORA
150 ML DE CREME DE LEITE FRESCO ★ MEL DE FLOR DE LARANJEIRA
VINAGRE (MELHOR SE FOR DE FRAMBOESA)
FATIAS DE PÃO DORMIDO PARA OS CROÛTONS ★ 1 MAÇÃ
SUCO DE 1 LIMÃO ★ 1 MAÇO DE FRISÉE LAVADA E HIGIENIZADA

Quando a cebola e o bacon estiverem dourados, acerte o sal e a pimenta e adicione 3 colheres (sopa) de água ao refogado. A seguir, junte o creme de leite, o mel e o vinagre. Mexa bem até

A CEBOLA ROXA EM RODELAS BEM FINAS, O BACON FRITANDO E, EM SEGUIDA, BACON E CEBOLAS REFOGANDO EM FOGO MÍNIMO. CREME DE LEITE, MEL E VINAGRE AJUDAM O MOLHO A TOMAR CONSISTÊNCIA E SABOR

obter um molho espesso e aveludado. Desligue o fogo e deixe amornar.
Para os croûtons, corte o pão em cubos. Leve-os à frigideira para fritar em manteiga e azeite.

Cubos de pão dormido fritos em manteiga e azeite transformam-se em croûtons. A maçã, cortada em cubos, fica imersa no suco de limão para não escurecer

Quando estiverem dourados por igual, escorra e seque sobre papel toalha. Descasque e corte a maçã em cubos. Deixe-os imersos no suco de limão para que não escureçam. Num prato de servir, coloque as folhas de frisée e junte os cubos de maçã. Derrame sobre a verdura o molho tépido da frigideira. Cubra com os croûtons e sirva.

INGREDIENTES

PÃO TIPO ITALIANO (MELHOR SE AMANHECIDO)
AZEITE DE OLIVA VIRGEM ★ VINAGRE DE VINHO BRANCO
2 DENTES DE ALHO CORTADOS EM LÂMINAS
1 COLHER (SOPA) RASA DE SUCO DE LIMÃO
1 COLHER (CAFÉ) DE MEL ★ TOMATES DE VÁRIOS TIPOS
MOZARELA DE BÚFALA ★ CEBOLA ROXA
AZEITONAS GREGAS ★ FOLHAS DE MANJERICÃO
SAL E PIMENTA-DO-REINO

SALADAS

Panzanella

AS ETAPAS DE CORTE
DO PÃO PARA OBTER CUBOS

Corte o pão italiano em fatias de aproximadamente 3 cm de espessura. Depois, corte cada fatia em tiras alongadas, no sentido longitudinal. Corte as tiras em cubos, junte-os numa tigela de louça e regue com um bom fio de azeite. Com as mãos, misture o pão e o azeite. Numa assadeira, espalhe bem os cubos e leve-os ao forno para que dourem por igual de

OS CUBOS DE PÃO LEVEMENTE COBERTOS COM UM FIO DE AZEITE SÃO ESPALHADOS NUMA ASSADEIRA E VÃO PARA O FORNO PARA QUE POSSAM DOURAR POR IGUAL

O ALHO LAMINADO E PICADO BEM FINO PARA FORMAR O VINAGRETE, MESCLADO COM MEL, VINAGRE, LIMÃO E AZEITE

todos os lados. Reserve em uma travessa e deixe que esfriem. Pique o alho laminado bem fino e coloque numa tigelinha. Junte o vinagre, o suco de limão, o mel e azeite a gosto e misture tudo muito bem.
Corte os diversos tipos de tomate em pedaços médios: os maiores em oito partes na longitudinal e os menores em duas, pela metade.
Corte a mozarela em pedaços. Fatie a cebola roxa em rodelas muito finas, quase transparentes. Retire o caroço das azeitonas e corte-as ao meio. Inicie a montagem
numa tigela de louça ou vidro. Coloque uma camada
de pão e sobre ela os demais ingredientes. Rasgue com as mãos as folhas de manjericão e incorpore-as à mistura.

TOMATES FATIADOS COM CORTES DIVERSOS, MOZARELA PICADA E CEBOLA EM FATIAS TRANSPARENTES

> A típica salada toscana é muito apreciada nos dias quentes de verão. Esta é a receita clássica, pois são muitas as combinações possíveis numa panzanella: com atum, salmão defumado, presunto cru, anchovas, etc.

Repita a operação, iniciando uma nova camada.
Ao final, use o tempero reservado e misture tudo novamente com as mãos.
Cubra com folhas rasgadas de manjericão, acerte
o sal e a pimenta e sirva.

SALADAS

Salada de agrião e laranja

LARANJAS EM GOMOS NA SALADA E O SUCO DA FRUTA APURADO PARA USAR NO MOLHO

Descasque as laranjas, exceto uma. Corte-as em gomos, retire a pele branca com cuidado e reserve. Esprema o suco da laranja inteira e reserve.
Leve 1 xícara do suco de laranja ao fogo numa caçarola e deixe reduzir até ficar espesso e concentrado. Retire do fogo e deixe esfriar.
Prepare o tempero da salada: adicione ao concentrado da laranja o mel, vinagre balsâmico, azeite, sal e pimenta.

Misture tudo muito bem. Lave bem as verduras e seque. Na travessa de servir, espalhe o agrião e a alface. Rasgue com as mãos a mozarela e distribua sobre as verduras. Acrescente o tempero, misture e sirva.

INGREDIENTES

LARANJAS ★ 1 COLHER (CAFÉ) DE MEL
VINAGRE BALSÂMICO
AZEITE DE OLIVA VIRGEM
SAL E PIMENTA-DO-REINO MOÍDA NA HORA
1 MAÇO DE AGRIÃO
FOLHAS DE ALFACE-AMERICANA
MOZARELA DE BÚFALA

INGREDIENTES

POSTAS DE BACALHAU JÁ DESSALGADO
BATATAS INTEIRAS COM A CASCA
1 CEBOLA GRANDE CORTADA EM 8 GOMOS
FOLHAS DE COUVE SEM O TALO
AZEITE ★ VINAGRE
SAL E PIMENTA-DO-REINO

SALADAS

Salada de bacalhau da Maria Lucia

AFERVENTADO E CORTADO EM LASCAS, O BACALHAU É MISTURADO COM BATATA, COUVE E CEBOLA

Afervente o bacalhau em água abundante e reserve a água. Deixe esfriar e, com as mãos, desmanche-o em lascas. Cozinhe as batatas na água reservada. Retire, deixe esfriar, descasque e corte em fatias grossas. Na mesma água, cozinhe a couve. À parte cozinhe a cebola em água com 1 colher (sopa) de vinagre. Quando a cebola estiver transparente, retire e escorra. Misture numa tigela a batata, o bacalhau, a cebola e a couve rasgada em pedaços. Acerte o sal e a pimenta. Deixe esfriar e leve ao refrigerador. Sirva fria, regada com bom azeite virgem.

SALADAS

Salada niçoise

AS VAGENS E ERVILHAS PASSAM POR UMA RÁPIDA COCÇÃO NO VAPOR, OS OVOS SÃO COZIDOS. PIMENTÕES E DEMAIS INGREDIENTES SÃO PICADOS. TUDO BEM MISTURADO, TEMPERADO E REGADO COM BOM AZEITE VIRGEM

Corte as pontas das vagens, junte as ervilhas frescas a granel e leve-as para uma rápida cocção no vapor.
Inicie o corte dos ingredientes: corte os pimentões em aros, os tomates ao meio, no sentido longitudinal, os ovos em quatro partes, a cebola em rodelas, a maçã em cubos de aproximadamente 1 cm de lado, os fundos de alcachofra em quatro partes, e assim por diante...
Mescle cuidadosamente todos os ingredientes, acerte o sal e a pimenta, regue com um bom fio de azeite virgem e sirva.

INGREDIENTES

VAGENS ★ ERVILHAS FRESCAS A GRANEL
PIMENTÕES (VERDE E VERMELHO) ★ CEBOLA
TOMATES-CEREJA OU EQUIVALENTES NO TAMANHO ★ OVOS COZIDOS
MAÇÃ VERDE (AQUELA AZEDINHA) ★ FUNDOS DE ALCACHOFRA
ALFACE-AMERICANA ★ RÚCULA ★ FRISÉE ★ AZEITONAS PRETAS
ENDÍVIAS ★ ATUM EM CONSERVA NA SALMOURA
FILÉS DE ALICHE ★ FOLHAS DE MANJERICÃO ★ FLOR DE SAL
PIMENTA-DO-REINO MOÍDA NA HORA ★ AZEITE DE OLIVA VIRGEM

INGREDIENTES

1 MAÇO DE RÚCULA
2 FATIAS DE ABACAXI PÉROLA (BEM DOCE)
70 G DE PRESUNTO CRU OU PANCETTA
QUEIJO PARMESÃO EM LASCAS
AZEITE DE OLIVA VIRGEM
VINAGRE BALSÂMICO
SAL E PIMENTA-DO-REINO MOÍDA NA HORA

SALADAS

Salada de rúcula

O ABACAXI EM GOMOS VAI DIRETO NA GRELHA, O PRESUNTO É
RASGADO MANUALMENTE E O PARMESÃO, CORTADO EM FINAS LÂMINAS

Lave muito bem as folhas de rúcula, corte rente os talos, seque-as bem e coloque-as na travessa de servir. Corte as fatias de abacaxi em cruz. Coloque os pedaços numa grelha ou chapa bem quente, de modo que se caramelizem no próprio açúcar. Depois de grelhados, retire e separe para que esfriem. Rasgue com as mãos, em tiras, as fatias de presunto cru ou pancetta e vá misturando com a rúcula na travessa. Adicione as lascas de parmesão e misture bem. Junte os pedaços de abacaxi já frios. Tempere a salada com azeite, vinagre, sal e pimenta-do-reino moída na hora a gosto. Misture tudo com cuidado e sirva.

SALADAS

Salada verde com gorgonzola e maçã

FOLHAS VERDES E LASCAS DE QUEIJO GORGONZOLA, A COMBINAÇÃO PERFEITA

Misture as folhas de alface e de endívia, já lavadas e enxugadas. Se quiser, rasgue as folhas maiores com as mãos. Distribua as lascas de gorgonzola entre o verde.

Corte a maçã, com a casca, em fatias finas e passe-as no suco de limão para que não escureçam. Coloque as fatias de maçã entre as folhas na salada. Tempere a gosto e sirva.

INGREDIENTES

FOLHAS DE ALFACE-AMERICANA
FOLHAS DE ENDÍVIA
QUEIJO GORGONZOLA EM LASCAS
MAÇÃ
SUCO DE LIMÃO

Peixes & Frutos do Mar

37
ANCHOVA ASSADA
COM ALHO E VINAGRE

40
BACALHAU AO FORNO

43
BACALHAU GRELHADO
COM BATATAS AO MURRO

46
CEVICHE DE SARDINHAS

49
FILÉ DE LINGUADO AO
MOLHO DE LIMÃO E MANJERICÃO

50
LULAS RECHEADAS EN SU TINTA

55
MOQUECA DE POLVO E CAMARÃO

58
MOULES ET FRITES

63
PAPELOTES DE MEXILHÕES

64
SALADA DE CEBOLAS E BACALHAU

67
PAELLA, A MAIS SIMPLES

70
POLVO AO VINAGRETE

75
TAINHA NO SAL GROSSO

78
VIEIRAS SALTEADAS NA MANTEIGA

83
VOL-AU-VENT DE
BACALHAU À MODA DO CONVENTO

INGREDIENTES

1 ANCHOVA COM CERCA DE 2 KG, LIMPA ★ SAL GROSSO
LIMÃO ★ MESCLA DE PIMENTAS MOÍDAS NA HORA
1/2 XÍCARA DE AZEITE DE OLIVA VIRGEM ★ 3 CABEÇAS DE ALHO
AZEITONAS PRETAS ★ 1/2 XÍCARA DE VINAGRE DE VINHO BRANCO
PIMENTÕES VERMELHOS E AMARELOS ★ 1 RAMO DE ALECRIM

PEIXES & FRUTOS DO MAR

Anchova assada com alho e vinagre

Tempere o peixe com sal grosso, limão e mescla de pimentas (branca, rosa e preta). Reserve. Tire apenas a primeira casca dos dentes de alho, cuidando para que permaneçam inteiros. Doure-os no azeite e adicione as azeitonas pretas. Quando as azeitonas estiverem pré-cozidas, junte o vinagre e deixe ferver e evaporar. Coloque o peixe temperado em uma forma refratária untada com bastante azeite.

DENTES DE ALHO INTEIROS DOURAM NO AZEITE

> Existem no mercado vários tipos de vinagre, com aromas e sabores diversos, todos de ótima qualidade. Sempre vale a pena experimentar outros sabores além do clássico vinagre de vinho branco e variar o tempero. Ouse!

No azeite bem quente, as azeitonas pretas e os dentes de alho

O vinagre é misturado com o alho e as azeitonas. No refratário, o peixe rodeado de pimentões

O PEIXE JÁ ASSADO, PRONTO PARA IR À MESA BEM QUENTE, COM TEMPEROS COLORIDOS

Gire o peixe na forma para que fique igualmente untado de azeite por todos os lados. Derrame sobre ele o refogado ainda quente de alho, azeitonas pretas e vinagre.

Além da anchova, qualquer outro peixe bom de assar pode ser preparado com esta receita: tainha, namorado, dourado, etc.

Distribua na forma os pimentões picados, adicione o alecrim e, se quiser, acrescente uma cabeça de alho cortada apenas no topo. Leve ao forno (200 °C) por aproximadamente 40 minutos.

PEIXES & FRUTOS DO MAR

Bacalhau ao forno

AS POSTAS DE BACALHAU TÊM O SABOR REALÇADO POR CEBOLAS, BATATAS E O COLORIDO DOS BRÓCOLIS, TOMATES, OVOS COZIDOS E PIMENTÕES

> Utilizado pelos vikings, foi salgado pelos bascos no século XI e usado pelos lusitanos na era das grandes navegações e longas travessias. Dizem os portugueses que as preparações do bacalhau são tantas quantos os dias de um ano.

Deixe o bacalhau de molho para dessalgar e reidratar na água durante uma noite, trocando a água várias vezes (ou, então, dessalgado por 48 horas). Corte em rodelas não muito finas os ovos cozidos, parte das azeitonas, as cebolas, os tomates, os pimentões e as batatas.
Parta o bacalhau com as mãos, em pedaços. Numa frigideira grande, refogue os pedaços de bacalhau muito rapidamente em azeite com alho, cebola, brócolis com as folhas e pimentões, alcaparras e orégano. Acerte a pimenta e reserve. Numa forma refratária, vá juntando em camadas os ingredientes crus (batatas e tomates) com o refogado, de forma sucessiva e uniforme. Regue com azeite. Cubra a assadeira com papel-alumínio e leve ao forno médio, para que o bacalhau termine de cozinhar, juntamente com os ingredientes crus. Descubra, termine o cozimento e sirva.

INGREDIENTES

LOMBO DE BACALHAU ★ OVOS COZIDOS
AZEITONAS PORTUGUESAS SEM CAROÇO ★ CEBOLAS
TOMATES ★ PIMENTÕES VERMELHOS SEM SEMENTES
BATATAS ★ AZEITE DE OLIVA VIRGEM
ALHO SOCADO E PICADO ★ BRÓCOLIS COM AS FOLHAS
ALCAPARRAS ★ ORÉGANO ★ PIMENTA-DO-REINO

INGREDIENTES

BATATAS MÉDIAS COM CASCA ★ SAL GROSSO ★ 1 RAMO DE ALECRIM
MESCLA DE PIMENTAS EM GRÃOS (PRETA, BRANCA E ROSA)
ALHO CORTADO EM LÂMINAS FINAS ★ AZEITE DE OLIVA VIRGEM
POSTAS DE LOMBO DE BACALHAU JÁ DESSALGADAS

PEIXES & FRUTOS DO MAR

Bacalhau grelhado com batatas ao murro

Lave bem as batatas em água corrente, usando uma escova para retirar qualquer vestígio de terra. Leve-as ao forno em temperatura alta. Moa no almofariz os grãos de pimenta, o sal grosso e o alecrim previamente picado. Misture tudo muito bem. Quando as batatas estiverem assadas, coloque-as sobre um prato ou travessa.

A mescla de grãos de pimenta (branca, preta e rosa) pode ser comprada em mercados e feiras. Caso prefira, o próprio feirante mói as pimentas. Mas é bom lembrar que os grãos moídos na hora certamente conferem ao prato sabor e aroma peculiares.

As batatas assadas e amassadas com a mão

Amassadas e temperadas com sal grosso e alecrim

Alho, sal, alecrim e mescla de pimentas, os condimentos básicos

A POSTA DE LOMBO DE BACALHAU GRELHADA

O bacalhau, para ser dessalgado, deve ser mantido numa vasilha coberto com água por 24 horas, trocando a água muitas vezes. Ou, então, por 48 horas e com menos troca de água, como fazem frequentemente em Portugal.

LÂMINAS DE ALHO, DOURADAS NO AZEITE, PARA REFOGAR A BATATA E DEPOIS SERVIR SOBRE O BACALHAU

Com a mão envolta em um pano limpo, pressione de leve cada uma para que, semiesmagada, abra-se nas laterais. Frite o alho picado em lâminas no azeite até dourar. Refogue ali as batatas. Antes que o alho queime, retire as batatas e passe-as na mistura de sal moído e alecrim picado. Leve as postas de bacalhau a uma grelha bem quente e doure-as de todos os lados. Sirva com as batatas, cobertas com o alho dourado no azeite.

PEIXES & FRUTOS DO MAR

Ceviche de sardinhas

SAL GROSSO E VINAGRE PREPARAM AS SARDINHAS, DEPOIS IMERSAS NO AZEITE

Numa tigela de vidro, espalhe uma camada de sal grosso no fundo e, sobre ela, uma camada de sardinhas justapostas, outra camada de sal e assim sucessivamente, terminando com uma camada de sal. Tampe a tigela e deixe as sardinhas desidratarem no sal por exatas três horas. Retire as sardinhas, sacuda-as e raspe com uma faca qualquer resíduo de sal. Não lave as sardinhas. Lave a tigela utilizada, seque-a bem e nela justaponha novamente as sardinhas em camadas. Cubra-as totalmente com o vinagre branco, tampe a tigela e deixe repousando por mais três horas.

Em seguida, despeje o vinagre, retire as sardinhas e seque-as num pano limpo. Lave mais uma vez a tigela, seque-a e espalhe no fundo algumas lâminas de alho, rodelas de pimenta, uma folha de louro, os grãos de pimenta e vá justapondo camadas de sardinhas e de temperos, de forma sucessiva. Ao final, cubra todo o conteúdo com azeite e coloque por cima o ramo de alecrim. Tampe e deixe as sardinhas imersas, repousando no azeite, por no mínimo dois dias antes de consumi-las. Conserve em temperatura ambiente, fora da geladeira.

> Ceviche é um prato de origem peruana, baseado em peixe marinado em suco de limão ou outro cítrico. O essencial é que o pescado seja branco, mas de carne firme; camarão, lagosta ou mesmo polvo também podem ser usados.

INGREDIENTES

SARDINHAS FRESCAS, LIMPAS, SEM CAUDA E BARBATANAS DO DORSO, ABERTAS EM FILÉS INTEIROS ★ SAL GROSSO
VINAGRE DE VINHO BRANCO ★ ALHO CORTADO EM LÂMINAS FINAS
PIMENTA DEDO-DE-MOÇA CORTADA EM RODELAS FINAS
FOLHAS DE LOURO ★ PIMENTA EM GRÃOS (ROSA, BRANCA E PRETA)
AZEITE DE OLIVA VIRGEM ★ RAMO DE ALECRIM

INGREDIENTES

2 FILÉS DE LINGUADO ★ SAL E PIMENTA-DO-REINO
LIMÃO ★ FARINHA DE TRIGO ★ ÓLEO
1 MAÇO DE MANJERICÃO (SOMENTE AS FOLHAS)
1/2 XÍCARA DE CALDO DE CARNE ★ SUCO DE MEIO LIMÃO
2 COLHERES (SOPA) DE MANTEIGA ★ CASCA RALADA DE MEIO LIMÃO
1 XÍCARA DE CREME DE LEITE FRESCO

PEIXES & FRUTOS DO MAR

Filé de linguado ao molho de limão e manjericão

Tempere os filés de peixe com sal, pimenta e limão. Deixe descansar para pegar gosto. Coloque no liquidificador as folhas de manjericão, o caldo de carne, o suco de limão, o sal e a pimenta. Bata até formar um creme de consistência uniforme. Numa frigideira, refogue na manteiga a casca de limão ralada, junte o creme de leite e o manjericão batido. Acerte o sal e a pimenta-do-reino. Seque os filés em papel toalha. Passe-os na farinha de trigo e frite-os em óleo abundante. Depois de dourados de todos os lados, coloque os filés numa travessa, cubra com o molho e sirva com batatas cozidas cobertas com um fio de azeite e um punhado de salsinha picada.

Casca de limão dá aroma ao molho

Manjericão e limão, uma combinação perfeita para o molho de peixe e também aves, massas e carnes

PEIXES & FRUTOS DO MAR

Lulas recheadas en su tinta

O REFOGADO DE TENTÁCULOS DE LULA, CAMARÕES E COGUMELOS

LASCAS DE PÃO DORMIDO COMPLETAM O RECHEIO

Limpe bem as lulas, mantendo os cartuchos inteiros. Pique os tentáculos e reserve. Cuidadosamente, separe e reserve a bolsa de tinta. Refogue na manteiga o alho, a cebola, os tentáculos de lula picados, o camarão e os cogumelos. Acrescente as lascas de pão. Acerte o sal e a pimenta-do-reino. Recheie os cartuchos de lula com a mistura do refogado. Use palitos para fechá-los.

INGREDIENTES

1 KG DE LULAS ★ MANTEIGA ★ DENTES DE ALHO PICADOS
CEBOLA RALADA ★ CAMARÃO MIÚDO
COGUMELOS-DE-PARIS PICADOS ★ SAL E PIMENTA-DO-REINO
PÃO AMANHECIDO CORTADO EM LASCAS
TOMATES, SEM PELE E SEMENTES, PICADOS
CALDO DE PEIXE OU CAMARÃO ★ 1 XÍCARA DE VINHO BRANCO
1 COLHER (SOPA) RASA DE MAISENA

As lulas são recheadas com um refogado de camarões, cogumelos, alho e pão. Depois, são fechadas com um palito

> A tinta é o conteúdo de uma glândula característica desse molusco. Ao ser atacada, a lula libera a tinta e assim desorienta o agressor. No preparo culinário, dá mais sabor e a cor inigualável.

Numa frigideira funda, refogue cebola e alho e junte o tomate picado. Acerte o sal e a pimenta. Despeje sobre o refogado o caldo de peixe ou camarão, abafe e deixe cozinhar em fogo baixo até obter um molho homogêneo. Cozinhe ligeiramente nesse molho as lulas já recheadas. Dissolva a tinta de lula no vinho branco, misture bem e junte à frigideira onde estão as lulas, mexendo sempre. Dissolva a maisena em uma xícara de caldo de peixe e adicione às lulas, obtendo assim um molho mais espesso e uniforme. Tampe a panela e cozinhe, em fogo baixo, por mais 10 minutos. Sirva com batatas cozidas cobertas com um fio de azeite.

AS LULAS RECHEADAS COZINHANDO NO MOLHO

AS LULAS E A TINTA DISSOLVIDA NO VINHO BRANCO

INGREDIENTES

1 KG DE POLVO ★ 2 CEBOLAS INTEIRAS ★ ALHO AMASSADO
1 COLHER (SOPA) DE VINAGRE DE VINHO BRANCO ★ SAL A GOSTO
AZEITE DE OLIVA VIRGEM ★ 1 KG DE CAMARÃO FRESCO ★ 2 LIMÕES
PIMENTA-DO-REINO COM COMINHO A GOSTO
3 TOMATES GRANDES, SEM PELE E SEMENTES
1/2 PIMENTÃO VERMELHO ★ 1/2 PIMENTÃO AMARELO
1 MAÇO DE CEBOLINHA ★ PIMENTA DEDO-DE-MOÇA
RAMOS DE COENTRO ★ AZEITE DE DENDÊ A GOSTO
200 ML DE LEITE DE COCO

PEIXES & FRUTOS DO MAR

Moqueca de polvo e camarão

Lave o polvo em água corrente e escorra bem. Coloque numa panela com uma cebola inteira, o vinagre e um fio de azeite. Cozinhe tampado, em fogo baixo, até a cebola estar bem macia, quase desmanchando: nesse momento, o polvo também estará na textura ideal. Retire a cebola, corte em pedaços e reserve. Escorra o polvo, reservando o caldo da cocção, corte em pedaços e reserve. Lave o camarão com o caldo de um limão e escorra.

Polvo cozinhando e refogado de cebola e pimentão

O REFOGADO E OS CALDOS DE COZIMENTO FORMAM O MOLHO NO QUAL O POLVO TERMINA DE COZINHAR

Tempere-o com uma mistura de alho amassado, sal e uma pitada de pimenta-do-reino com cominho. Deixe no tempero por algum tempo até pegar gosto. Aqueça 3 colheres (sopa) de azeite e, em fogo brando, doure o camarão, deixando-o soltar a própria água até ficar cozido. Retire o camarão com uma escumadeira e reserve o caldo. Pique a outra cebola inteira, os tomates, os pimentões e a cebolinha. Misture tudo numa panela e adicione a cebola que foi cozida com o polvo. Acrescente a pimenta dedo-de-moça picada, o caldo

Dendê e leite de coco, polvo e camarões na moqueca de sabor bem brasileiro

do camarão e o caldo do polvo. Adicione o suco do limão restante. Leve tampado ao fogo bem baixo. Quando os temperos estiverem quase cozidos, junte o coentro picado, o polvo e o azeite de dendê, deixando cozinhar por mais algum tempo. Adicione o leite de coco e deixe cozinhar por alguns minutos. Por fim, coloque o camarão e espere aquecer. Quando pronta, sirva a moqueca com arroz branco e farofa de farinha de mandioca torrada no azeite de dendê e misturada com camarões secos salgados e finamente triturados.

PEIXES & FRUTOS DO MAR

Moules et frites

MEXILHÕES LAVADOS E ESCOVADOS, PRONTOS PARA COZINHAR

Lave cuidadosamente os mexilhões, usando uma escova se necessário. Raspe com uma faca a "barba" que alguns têm. Rejeite aqueles que estiverem abertos.
Numa panela grande com tampa em que caibam todos os mexilhões, adicione a manteiga, a mostarda, a cebola, o alho, o tomate, o vinho, sal, pimenta, os mexilhões e metade da salsinha. Tampe a panela e cozinhe em fogo forte,

Tido como o prato nacional da Bélgica, seduz pela absoluta simplicidade. Dizem os belgas que, para impor respeito, os mexilhões devem ter aparência rechonchuda e gordurosa; e, depois de cozidos, sua coloração pode ir do bege à cor de cenoura. Para comer, a recomendação é usar o garfo para retirar o primeiro mexilhão e a casca servirá de talher para comer os demais. Calcule uma quantidade de 1 kg de mexilhões crus, fechados na casca, por pessoa.

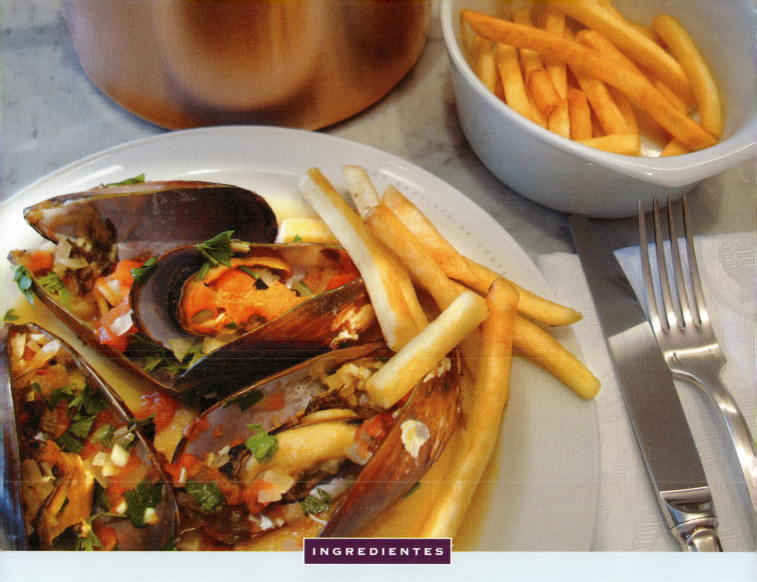

INGREDIENTES

MEXILHÕES FRESCOS, NA CASCA
1 COLHER (SOPA) DE MANTEIGA ★ 1 COLHER (SOPA) DE MOSTARDA
1 CEBOLA PICADA ★ 2 DENTES DE ALHO PICADOS
2 TOMATES, SEM PELE E SEMENTES, CORTADOS EM CUBINHOS
2 XÍCARAS DE VINHO BRANCO SECO
1 COLHER (SOPA) DE SALSINHA PICADA
SAL E PIMENTA-DO-REINO ★ BATATAS ★ ÓLEO

Todos os ingredientes cozinham juntamente com os mexilhões ainda fechados na casca

Vinho e temperos perfumam o cozimento. As cascas se abrem e o caldo espalha seu sabor

SALSINHA PICADA PARA DAR COR, BATATAS FRITAS COMO ACOMPANHAMENTO

destampando de vez em quando para girar os mexilhões. Quando estiverem todos abertos, desligue o fogo, tampe e espere aproximadamente 30 minutos para a absorção do caldo.

Descasque e corte as batatas em palitos, lave-as e seque bem. Frite em óleo bem quente. Adicione o restante da salsinha sobre os mexilhões e sirva com as batatas fritas à parte.

INGREDIENTES

1 KG DE MEXILHÕES FRESCOS (250 G POR PESSOA) FECHADOS NA CASCA ★ PAPEL-ALUMÍNIO ★ CEBOLA PEQUENA
DENTE DE ALHO ★ SALSINHA ★ 1/2 PIMENTA DEDO-DE-MOÇA
LIMÃO-SICILIANO ★ AZEITE DE OLIVA
1/2 XÍCARA DE VINHO BRANCO
MESCLA DE PIMENTAS MOÍDAS NA HORA ★ MANTEIGA

PEIXES & FRUTOS DO MAR

Papelotes de mexilhões

Lave muito bem os mexilhões com uma escovinha. Retire a "barba" e escorra em água corrente.
Corte papel-alumínio em quatro folhas no formato quadrado com 40 cm de lado. Pique a cebola, o alho, as folhas de salsinha e a pimenta dedo-de-moça sem as sementes. Corte o limão em fatias finas. Coloque cada uma das porções de mexilhões no centro de cada uma das folhas.

Misture a cada uma das porções os temperos, adicione 1 colher (sopa) de manteiga, o azeite de oliva virgem e 1/2 xícara de vinho branco em cada porção. Acerte o sal e a pimenta moída

> O mexilhão fresco tem a casca bem fechada e se abre na água fervente. Esse molusco bivalve, que tem alimentado o homem há milênios, é rico em proteínas e sódio, mas pobre em gorduras e colesterol.

na hora. Feche bem o papelote de papel-alumínio, vedando completamente as bordas, mas de forma que ainda sobre espaço dentro dos cartuchos para o calor circular. Leve ao forno a 220 °C por 25 minutos. Os cartuchos devem se inflar com o calor. Abra os papelotes ainda quentes, diretamente no prato, aproveitando assim o aroma dos vapores da cocção.

MEXILHÕES E TEMPEROS NO CENTRO DA FOLHA DE PAPEL-ALUMÍNIO, DEPOIS BEM VEDADA NAS BEIRADAS

Salada de cebolas e bacalhau

Chamado pelos portugueses de "fiel amigo", o bacalhau não se restringe aos pratos de forno e fogão, e reina também nas saladas. A mais difundida em Portugal é a salada de bacalhau cru, bem desfiado, com pimentões, ovos e azeitonas. Outra receita de sucesso mistura o peixe, cozido e desfiado, com feijão-fradinho, cebola picada miúda e salsinha. Também tem a de bacalhau e grão-de-bico (ou simplesmente "grão", como dizem por lá) e tantas outras que é possível criar com esse peixe versátil.

Numa panela com água fervente, coloque o bacalhau. Deixe ferver por exatos três minutos e retire da panela. Conserve a água fervendo e acrescente o vinagre. Coloque os gomos de cebola na água fervente usada para o bacalhau. Deixe por exatos dois minutos, retire e deixe esfriar. Rasgue as lascas de bacalhau em pedaços pequenos. Faça a montagem da salada no prato de servir: basta misturar a cebola, o bacalhau e as lascas de azeitona. Tempere com a mescla de pimentas e o orégano, acerte o sal e sirva a salada com um fio generoso de bom azeite de oliva virgem.

INGREDIENTES

BACALHAU PREVIAMENTE DESSALGADO CORTADO EM LASCAS
1 COLHER (SOPA) DE VINAGRE DE VINHO BRANCO
CEBOLAS CORTADAS EM GOMOS
AZEITONAS GREGAS CORTADAS EM LASCAS
MESCLA DE PIMENTAS MOÍDAS (PRETA, BRANCA E ROSA)
ORÉGANO FRESCO ★ FLOR DE SAL
AZEITE DE OLIVA VIRGEM

INGREDIENTES

Coxas e sobrecoxas de frango desossadas ★ 1 kg de polvo
Sal e mescla de pimentas ★ Vinagre de vinho branco
1 cebola inteira ★ 200 g de lombo de porco
300 g de camarões-de-sete-barbas ★ 1 ramo de alecrim
Azeite de oliva virgem ★ 1 folha de louro ★ Açafrão em pó
300 g de lulas limpas, cortadas em anéis ★ 400 g de arroz
700 g de mariscos (mexilhões) limpos, cozidos e na casca
700 g de vôngoles na casca ★ 50 g de manteiga
3 dentes de alho picados ★ 1 cebola roxa picada
1 linguiça portuguesa cortada ★ 1 pimentão verde e 1 amarelo
3 tomates, sem pele e sementes ★ Caldo de peixe
Ervilhas frescas ★ 8 camarões grandes com casca

PEIXES & FRUTOS DO MAR

Paella, a mais simples

Corte a carne do frango em pedaços pequenos e tempere com sal e pimenta. Reserve. Repita o procedimento com o lombo de porco. Lave bem os camarões em água corrente e, cuidadosamente, faça um corte no primeiro gomo, acima do rabo, por ali retirando a tripa. Não tire as cascas. Lave o polvo em água corrente e escorra bem. Coloque-o numa panela com água fervente, uma cebola inteira, o vinagre e um fio de azeite. Cozinhe tampado, em fogo baixo, até a cebola estar bem macia, quase desmanchando: nesse momento, o polvo também estará na textura ideal. Escorra e reserve. Tempere com sal e pimenta os camarões e as lulas. Leve os mariscos e os vôngoles à fervura rápida com água, para que abram e liberem seu suco. Reserve o caldo da fervura. Numa frigideira ampla, refogue no azeite e na manteiga o alho e a cebola picados, até ficarem transparentes. Junte os pedaços de lombo e as rodelas de linguiça (ou de chouriço espanhol) e refogue até que dourem. Tire as carnes da frigideira e reserve.

O POLVO COZIDO E CORTADO EM PEDAÇOS. O REFOGADO DE LOMBO E LINGUIÇA. E, NA MESMA FRIGIDEIRA, O FRANGO

Na mesma base que ficou na frigideira, refogue os pedaços de frango até que dourem. Retire e reserve.
Ainda na mesma frigideira, refogue o polvo em pedaços e as lulas cortadas em anéis. Quando as lulas estiverem macias e no ponto, adicione os camarões pequenos.
Refogue tudo e, quando prontos, retire e reserve.
Em uma paellera (se não tiver uma, use uma frigideira ampla e de bordas baixas) acomode tudo que ficou reservado. Adicione os pimentões cortados em tiras e o tomate picado. Junte 1 xícara de caldo de peixe e deixe cozinhar em fogo baixo por 15 minutos, mexendo sempre.
Em seguida, junte o arroz, os mariscos, o açafrão previamente diluído no caldo de peixe, as ervilhas, os vôngoles e os camarões grandes, que serão

> É enorme a discussão sobre o que é a paella tradicional e o que é a famosa paella valenciana. A paella (diz-se "pae-lha" na Espanha) é um prato típico da gastronomia espanhola, com raízes na comunidade de Valência, daí seu nome em Portugal ser arroz à valenciana.
> Esta é a receita mais simples e comum entre nós: frutos do mar, frango, carne de porco, etc. Para ficar mais legítima, e se for possível encontrar, use chouriço espanhol, aquele temperado com páprica, em vez da linguiça portuguesa.

SEMPRE NA MESMA FRIGIDEIRA, SÃO REFOGADOS O POLVO E AS LULAS, DEPOIS OS CAMARÕES E POR FIM OS PIMENTÕES

OS INGREDIENTES DISPOSTOS NA PAELLERA PARA O COZIMENTO FINAL

FRUTOS DO MAR DECORAM A PAELLA

usados depois como adorno do prato. Derrame sobre o refogado 3 xícaras de caldo de peixe e mexa apenas uma vez, acomodando tudo na panela. Cozinhe em fogo brando por cerca de 20 minutos. Se preciso, acerte o sal e a pimenta.
Cinco minutos antes do final da cocção, retire os camarões grandes e algumas tiras de pimentão coloridas.
Se necessário, use mais 1 xícara de caldo para acertar a cocção. Decore o prato com as tiras de pimentão e os camarões grandes. Desligue o fogo, tampe a paellera e deixe-a abafada por mais cinco minutos antes de servir.

PEIXES & FRUTOS DO MAR

Polvo ao vinagrete

Numa panela com água fervente já salgada, adicione 2 colheres (sopa) de vinagre branco, folhas de louro e a cebola inteira. Segure o polvo por um dos tentáculos, mergulhe-o por três minutos na água fervente e retire-o em seguida. Repita a operação por três vezes. Só então deixe o polvo submerso, cozinhando. Quando a cebola estiver completamente cozida, o polvo também estará macio e no ponto certo. Retire e escorra.

Clássico nos bons botequins das grandes cidades brasileiras, o polvo ao vinagrete frequentemente aparece nos cardápios sob as rubricas "aperitivos", "tira-gosto" ou "porções". Inexplicavelmente, quase nunca é visto entre os pratos principais ou no item saladas. O segredo do preparo do polvo é a "surra" dada nele. Dizem os espanhóis, mestres no preparo de peixes e frutos do mar, que é preciso bater o polvo, "com raiva", contra uma superfície de mármore, granito ou pedra. Assim, suas fibras se romperão e o restinho de areia que fica agarrado às ventosas será eliminado. Depois, vai para uma panela com água fervente salgada e uma cebola inteira. Deixe cozinhar até a cebola começar a desmanchar. Isso indica que o polvo está macio, no ponto exato para fazer esta e outras receitas.

INGREDIENTES

1 POLVO JÁ LIMPO E SOVADO ★ VINAGRE DE VINHO BRANCO
FOLHAS DE LOURO ★ 1 CEBOLA INTEIRA, SEM CASCA
TOMATES, SEM PELE E SEMENTES, PICADOS
PIMENTA DEDO-DE-MOÇA, SEM SEMENTES, PICADA
1 CEBOLA PICADA ★ 1 DENTE DE ALHO PICADO FINO
SALSINHA PICADA GROSSEIRAMENTE ★ SUCO DE 1 LIMÃO
SAL E PIMENTA-DO-REINO MOÍDA NA HORA
AZEITE DE OLIVA VIRGEM

O POLVO E A CEBOLA NA ÁGUA FERVENTE.
DEPOIS DE COZIDO, É ESCORRIDO E CORTADO EM FATIAS ALONGADAS

PREPARADO DE VÉSPERA, O POLVO FICA PEGANDO GOSTO NOS TEMPEROS E NA MESCLA DE LIMÃO, VINAGRE E AZEITE

Depois de escorrido o polvo, enxágue novamente para que esfrie. Corte os tentáculos em pequenas fatias na diagonal com aproximadamente 0,5 cm de espessura. Numa travessa, coloque o tomate, a pimenta dedo-de-moça, a cebola picada, o alho e a salsinha. Ajuste o sal e a pimenta-do--reino moída na hora. Regue com vinagre e o suco de limão. Acrescente o polvo já cortado em pedaços e o azeite de oliva virgem. Misture tudo muito bem. Espere que esfrie por completo e deixe de um dia para o outro no refrigerador para pegar o gosto dos temperos. Sirva como entrada ou aperitivo, com pão tipo italiano.

INGREDIENTES

1 TAINHA DE 1,5 KG (OU OUTRO PEIXE DE CARNE
BRANCA, COMO ROBALO OU GAROUPA)
PIMENTA-DO-REINO MOÍDA ★ 1 LIMÃO ★ 1 RAMO DE ALECRIM
1 FOLHA DE LOURO ★ 5 CLARAS ★ 2 KG DE SAL GROSSO
1 COLHER (SOPA) BEM CHEIA DE AÇÚCAR MASCAVO
AZEITE DE OLIVA VIRGEM

PEIXES & FRUTOS DO MAR

Tainha no sal grosso

Limpe o peixe e lave bem em água corrente. Escorra toda a água e tempere o interior com pimenta-do-reino, limão, alecrim e louro. Deixe pegar gosto por 20 minutos. Bata ligeiramente as claras. Vá misturando as claras batidas com o sal até obter uma consistência uniforme. Adicione o açúcar mascavo e misture tudo novamente. Cubra o fundo de uma travessa refratária com uma camada da mistura de sal grosso.
Coloque o peixe sobre ela, cubra com a mistura restante e, com as mãos, vá comprimindo o sal, de maneira a fixar bem no peixe, até cobri-lo por completo.

Peixe de carne firme e saborosa, é perfeito para o preparo no forno. Sua ova, salgada e seca, é a bottarga, iguaria italiana tida como "o caviar do Mediterrâneo". A tainha, da vasta família dos mugilídeos, habita os mares de todo o planeta e faz parte da culinária de vários países, como o quibe de peixe libanês e os escabeches gregos. É encontrada aqui em todo o litoral, principalmente do Rio de Janeiro ao extremo sul, e nas proximidades de estuários de rios, onde vai desovar. Os melhores meses para comprar são janeiro e fevereiro e de setembro a dezembro.

Claras batidas, misturadas com sal grosso e açúcar mascavo, forram a travessa onde o peixe vai assar

O peixe, totalmente recoberto pela mistura de sal, prontinho para ir ao forno

Leve ao forno previamente aquecido (temperatura alta) e deixe assar por 40 minutos. Retire a travessa do forno e, cuidadosamente, quebre a crosta de sal, descartando-a juntamente com a pele do peixe. Leve à mesa na mesma travessa. Regue com azeite de oliva e sirva com pirão e arroz branco.

A crosta de sal dourada indica que o peixe já está no ponto e pode sair do forno

Quebra-se cuidadosamente a crosta de sal e o peixe vai à mesa com seu sabor inigualável

PEIXES & FRUTOS DO MAR

Vieiras salteadas na manteiga

> Conhecido como "coquille Saint-Jacques" na França e "vieira" em Portugal, esse saboroso molusco é encontrado em abundância nas costas da Galícia. Na América do Sul, abaixo da linha do equador, vieiras são encontradas principalmente nos mares do Chile.

A MANTEIGA DERRETE LENTAMENTE

Corte as batatas em oito pedaços e leve para cozinhar em água fervente com o tablete de caldo de galinha, até ficarem macias. Numa frigideira (não são recomendadas as antiaderentes), derreta a manteiga em fogo baixo. Pode parecer estranho, mas cozinhe primeiro a manteiga e só depois as vieiras. A manteiga cozinha devagar e se clarifica ao se separar da água, dourando ligeiramente. Coloque sobre a manteiga as

INGREDIENTES

BATATAS ★ 1 TABLETE DE CALDO DE GALINHA
MANTEIGA ★ VIEIRAS GRANDES, SEM AS OVAS QUE AS ACOMPANHAM
SAL E MESCLA DE PIMENTAS MOÍDAS NA HORA
DENTE DE ALHO PICADO FINAMENTE
1 MAÇO DE CEBOLINHA-FRANCESA (CIBOULETTE)
AZEITE DE OLIVA VIRGEM

O DOURADO DAS VIEIRAS DEPENDE DO CONTROLE DA CHAMA DO FOGÃO

AS PEÇAS VÃO SENDO VIRADAS PARA QUE DOUREM POR IGUAL

As vieiras douradas, acompanhadas de batatas cozidas cobertas de cebolinha picada e azeite de oliva

vieiras, cuidadosamente. Não há uma temperatura indicada, e sim uma temperatura visível: a que vai dourando as vieiras. Use as variações entre fogo alto e baixo, alternando-as de acordo com a cor adquirida pelas vieiras e pelo fundo da frigideira. Doure primeiro um lado. Ajuste o sal e a pimenta. Depois, comece a dourar o outro lado, adicionando o alho finamente picado. Vá virando as peças, até que estejam todas douradas por igual. Para finalizar, teste o sal e a pimenta e leve tudo à travessa de servir. Junte as batatas perfeitamente cozidas e cubra com a cebolinha-francesa bem picada e um fio generoso de azeite. Sirva ainda quente.

INGREDIENTES

CAMARÕES MÉDIOS ★ LIMÃO
SAL E PIMENTA-DO-REINO MOÍDA NA HORA ★ MANTEIGA
LASCAS DE BACALHAU DESSALGADO ★ LEITE
1 DENTE DE ALHO PICADO ★ 1 CEBOLA MÉDIA RALADA
1/2 CENOURA RALADA ★ CREME DE LEITE ★ FARINHA DE TRIGO
NOZ-MOSCADA RALADA ★ MASSA FOLHADA PRONTA, CONGELADA
FORMAS REDONDAS PARA CORTE, COM DOIS DIÂMETROS DIFERENTES
1 OVO (CLARA E GEMA SEPARADAS) ★ AZEITE
QUEIJO PARMESÃO RALADO GROSSO (PARA GRATINAR)

PEIXES & FRUTOS DO MAR

Vol-au-vent de bacalhau à moda do convento

CAMARÃO NA MANTEIGA. SOBRE A MESMA BASE, REFOGA-SE O BACALHAU

Tempere os camarões com limão, sal e pimenta. Numa panela, salteie ligeiramente na manteiga os camarões temperados. Depois de dourados, retire-os e reserve-os. Na mesma panela, sobre o líquido e o tempero dos camarões, refogue por alguns minutos as lascas de bacalhau. Adicione leite ao refogado, até cobri-lo completamente, e deixe cozinhar. Depois de cozido, retire o bacalhau e reserve o leite da fervura. Ainda na mesma panela, refogue o alho, a cebola e a cenoura, até que murchem e comecem a dourar. Acerte o sal e a pimenta. Acrescente então o bacalhau já cozido e misture bem, mexendo sempre.

O BACALHAU É COZIDO NO LEITE. DEPOIS SE PREPARA O REFOGADO DE ALHO, CEBOLA E CENOURA

O BACALHAU SE JUNTA AO REFOGADO, SEGUIDO DE CAMARÕES E CREME DE LEITE, QUE ENCORPAM O RECHEIO

A MASSA FOLHADA ABERTA E AS FORMAS DE CORTE

UM DISCO DE MASSA E TRÊS AROS PARA CADA VOL-AU-VENT. SOBREPONHA OS AROS AO DISCO, FIXANDO-OS COM CLARA

Pique os camarões em pedaços pequenos e junte-os ao mesmo refogado. Adicione o creme de leite e manteiga. Numa tigela, coloque a farinha e, aos poucos, junte o leite da cocção do bacalhau, mexendo sempre para não encaroçar. Vá acrescentando ao refogado de bacalhau, misturando bem e cuidando para não formar grumos. Desligue o fogo e deixe descansar. Acrescente uma pitada de noz-moscada. Enfarinhe uma superfície lisa, limpa e seca. Sobre ela, com um rolo, abra cuidadosamente a massa folhada até a espessura aproximada de 4 mm.

É possível encontrar nos bons mercados e casas de gastronomia os vol-au-vents já pré--assados e embalados, prontos para o uso, que vão ao forno depois de recheados, só para gratinar. Na preparação do bacalhau que recheia o vol-au-vent, use sempre a mesma panela, tanto para cozinhar o peixe no leite como para os refogados. Desse modo, o resíduo dos temperos de cada etapa vai adicionando sabor à etapa seguinte, sem se perder nada.

PRÉ-ASSADOS E PINCELADOS COM GEMA E AZEITE, OS VOL-AU-VENTS SÃO RECHEADOS E VOLTAM AO FORNO PARA GRATINAR

Com a forma de diâmetro maior, corte quatro discos de massa para cada vol-au-vent. Mantenha um disco para a base. Com a forma de diâmetro menor, corte em aro os outros três discos. Pincele a clara nos aros e no disco para que possam ficar grudados uns aos outros. Depois de montados, leve os vol-au-vents para pré-assar em forno médio, por 20 minutos. Quando estiverem pré-assados, misture a gema com algumas gotas de azeite e pincele os vol-au-vents para dourá-los. Recheie com cuidado cada um deles. Cubra cada um com o queijo parmesão ralado e leve novamente ao forno para gratinar. Sirva os vol-au-vents ainda quentes, como entrada ou acompanhamento.

Aves & Ovos

91

Coq au vin

92

Frango ao molho pardo

97

Frango Marengo

100

Fricassée de frango

105

Galinhada

108

O frango e a preguiça

113

A omelete da Dona Elianinha

116

Ovos ao forno

119

Pão com ovo

120

Peito de pato com laranja
(Magret de canard à l'orange)

125

Saltimbocca de peito de
peru ao molho de limão

INGREDIENTES

PARA AS CEBOLAS CARAMELIZADAS (GLACÉS):
12 CEBOLAS PEQUENAS ★ SAL ★ MANTEIGA ★ AÇÚCAR
PARA O FRANGO: 1 FRANGO CAIPIRA DE 2 KG, EM 8 PEDAÇOS
1 CEBOLA ★ 1 ALHO-PORÓ ★ 1 CENOURA
2 DENTES DE ALHO ★ SALSINHA ★ 1 FOLHA DE LOURO
1 RAMO DE TOMILHO ★ 1 RAMO DE ALECRIM
SAL E PIMENTA-DO-REINO ★ ÓLEO ★ FARINHA DE TRIGO
1 LITRO DE VINHO TINTO SECO (DE PREFERÊNCIA DA BORGONHA)
500 ML DE CALDO DE GALINHA
12 CHAMPIGNONS COZIDOS ★ 100 G DE BACON EM CUBOS, FRITOS

AVES & OVOS

Coq au vin

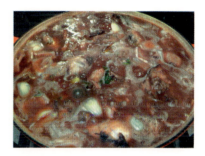

O FRANGO PREPARADO PARA FRITAR, DEPOIS COZIDO LENTAMENTE NO VINHO

PREPARE AS CEBOLAS CARAMELIZADAS: cozinhe as cebolas pequenas inteiras em água, sal, manteiga e açúcar, até que se forme na panela uma calda caramelizada que envolva as cebolas. Reserve.

PREPARE O FRANGO: numa travessa grande, acomode o frango, a cebola, o alho-poró, a cenoura cortada em rodelas, o alho, a salsinha e as ervas aromáticas. Adicione sal e pimenta. Deixe marinar no vinho tinto durante uma noite em geladeira. No dia seguinte, tire os pedaços de frango e reserve a marinada. Doure o frango em uma panela funda, com óleo bem quente. Em seguida, polvilhe um pouco de farinha de trigo e acrescente, ao mesmo tempo, a marinada e o caldo de galinha. Tampe a panela e cozinhe a carne em fogo brando. Quando o frango estiver cozido, retire do molho e reserve. Se necessário, deixe o molho por mais tempo no fogo, até que engrosse. Peneire o molho e despreze os temperos. Volte o molho para a panela e acrescente na seguinte ordem: o frango, os champignons cozidos, o bacon frito e, por último, as cebolas caramelizadas.

FAÇA A MONTAGEM: coloque dois pedaços de frango em cada prato, juntamente com as cebolas caramelizadas em volta. Acrescente o molho e sirva bem quente.

AVES & OVOS

Frango ao molho pardo

FRANGO TEMPERADO E
DOURADO EM ÓLEO ABUNDANTE

A única dificuldade no preparo deste prato é conseguir o sangue da ave abatida. Nas grandes cidades, além dos mercados municipais ou equivalentes, alguns feirantes ainda conseguem providenciar, sempre sob encomenda.

Tempere os pedaços de frango com sal, pimenta e vinagre. Depois de algum tempo, leve-os para dourar em óleo abundante e bem quente. Quando dourados, escorra-os e reserve-os.

Prepare o caldo de galinha diluindo o tablete em água filtrada. Pique os dentes de alho bem miúdo e rale a meia cebola. Numa panela em fogo baixo, doure o alho, adicione a cebola e refogue. Acerte o sal e a pimenta e vá juntando lentamente o salsão picado, a cenoura ralada, a pimenta dedo-de-moça sem as sementes e picada, a cebolinha e a hortelã picadas.

INGREDIENTES

1 FRANGO CORTADO NAS JUNTAS ★ VINAGRE ★ ÓLEO
SAL E PIMENTA-DO-REINO MOÍDA NA HORA
1 TABLETE DE CALDO DE GALINHA
4 DENTES DE ALHO ★ 3 CEBOLAS ★ TALOS DE SALSÃO
1/2 CENOURA ★ CEBOLINHA ★ RAMO DE HORTELÃ
1/2 COLHER (SOPA) DE URUCUM (COLORAU)
4 TOMATES, SEM PELE E SEMENTES
1 XÍCARA DO SANGUE DO FRANGO, MISTURADO
COM 1/2 COLHER (SOPA) DE VINAGRE PARA NÃO COAGULAR
MAISENA DILUÍDA EM CALDO DE GALINHA (SE NECESSÁRIO)
1/2 PIMENTA DEDO-DE-MOÇA SEM SEMENTES
SALSINHA PICADA

O FRANGO FRITO DEPOIS COZINHA NUM RICO REFOGADO BEM TEMPERADO

O FRANGO NA PANELA COM OS TEMPEROS, O MOLHO ESPESSADO COM O SANGUE

Quando os legumes estiverem macios, acrescente o urucum. Sem parar de mexer, adicione os pedaços de frango e refogue. Junte os tomates picados e caldo de galinha suficiente para cobrir os pedaços de frango.
Deixe cozinhando em fogo baixo com a panela tampada, até que a carne esteja macia, mas ainda firme, sem se soltar dos ossos. Retire os pedaços de frango e reserve.
Bata o caldo da panela no liquidificador (ou use um mixer) até obter molho espesso e uniforme. Coloque o molho na panela e junte a ele o sangue, mexendo sempre (se necessário, use a maisena diluída em caldo de galinha para engrossá-lo). Acerte o sal e a pimenta.
Volte o frango à panela e deixe cozinhando por cinco minutos. Coloque numa travessa funda, cubra generosamente com o molho e salpique a salsinha. Sirva muito quente, acompanhado de arroz branco, ou à moda mineira, com polenta mole, quiabo refogado ou ora-pro-nóbis.

INGREDIENTES

COXAS E SOBRECOXAS DE FRANGO
SAL E PIMENTA-DO-REINO ★ VINAGRE ★ FARINHA DE TRIGO
2 COLHERES (SOPA) DE MANTEIGA ★ 3 COLHERES (SOPA) DE AZEITE
2 CEBOLAS MÉDIAS RALADAS ★ 1 XÍCARA DE CALDO DE GALINHA
2 DENTES DE ALHO PICADOS FINAMENTE
1 XÍCARA DE VINHO BRANCO SECO
6 TOMATES, SEM PELE E SEMENTES
COGUMELOS-DE-PARIS
3 COLHERES (SOPA) DE CONHAQUE ★ 1 RAMO DE SALSINHA

A V E S & O V O S

Frango Marengo

Tempere os pedaços de frango com sal, pimenta e vinagre e passe-os pela farinha de trigo. Numa caçarola, derreta a manteiga, adicione o azeite e doure por igual todos os lados dos pedaços de frango.

Junte a cebola e o alho picado à panela com o frango, cuidando para que não se queimem e fiquem amargos. Quando a farinha que envolve os pedaços de frango, a cebola e o alho estiverem dourados por igual,

Terminada a batalha de Marengo, no norte da Itália, em junho de 1800, Napoleão Bonaparte pediu a seu cozinheiro, o chef Dunand, um grande jantar para comemorar a vitória. E que vitória! Bonaparte tinha 28 mil soldados e conseguiu derrotar 40 mil austríacos, mais bem armados. Uma vitória dessas abre o apetite, e o general quis um jantar. O chef Dunand ponderou que, no final da campanha, a despensa estava desfalcada. "Use o que tiver", insistiu Bonaparte, irredutível. Que fazer? Dunand começou fritando os pedaços de um frango com bacon numa caçarola muito quente. Quando ficaram dourados, juntou alho e tomates picados. Foi acrescentando, aos poucos, conhaque (do cantil do general) e deixou cozinhar por cerca de meia hora, até reduzir o molho. Pouco antes de ficar pronto, juntou cogumelos frescos, etc.

Depois de dourado, o frango frita com a cebola e o alho e cozinha no vinho branco e no caldo de galinha

NO FINAL, COGUMELOS EM LÂMINAS, TOMATES E UM POUCO DE CONHAQUE

vá juntando aos poucos o caldo de galinha e o vinho branco. Deixe ferver, abaixe o fogo e cozinhe por mais 30 minutos. Pique os tomates grosseiramente, corte os cogumelos em lâminas e coloque-os na caçarola. Deixe cozinhando em fogo baixo até que o frango esteja macio. Mexa de vez em quando para que o molho não pegue no fundo. Cerca de 10 minutos antes de terminar a cocção, junte o conhaque. Sirva quente, coberto com salsinha picada.

AVES & OVOS

Fricassée de frango

O FRANGO SALTEADO NA MANTEIGA, MAS SEM DOURAR

> O termo francês "fricassée" se aplica a todo prato em que cortes de ave são salteados, refogados e cozidos em molho branco abundante. Assim, o tradicional fricassée está para as aves como a blanquette está para a vitela.

Prepare o bouquet garni com um retalho de tecido natural – tule é o mais indicado – ou gaze de trama fechada. Faça um pacotinho, colocando nele ervas aromáticas como salsinha, sálvia, alecrim, louro, etc. Depois, é só amarrar com barbante cru. Tempere os pedaços de frango com sal, pimenta e vinagre. Numa caçarola, salteie-os na manteiga de ambos os lados, sem deixar que dourem. Quando estiverem brancos e semicozidos, retire da panela. Usando a manteiga que ficou no fundo da caçarola, refogue a cebola em fogo muito baixo, sem dourar.

INGREDIENTES

1 BOUQUET GARNI ★ COXAS E SOBRECOXAS DE FRANGO
SAL E PIMENTA-DO-REINO ★ VINAGRE ★ MANTEIGA
1 CEBOLA MÉDIA RALADA ★ VINHO BRANCO ★ CALDO DE GALINHA
CREME DE LEITE

PARA OS COGUMELOS: COGUMELOS-DE-PARIS ★ MANTEIGA
ALHO PICADO ★ SAL E PIMENTA-DO-REINO ★ VINHO BRANCO

PARA AS CEBOLAS CARAMELIZADAS: CEBOLAS PEQUENAS
VINAGRE ★ MANTEIGA ★ AÇÚCAR ★ SAL

PARA A BEURRE MANIÉ (MISTURA PASTOSA USADA PARA ENGROSSAR
MOLHOS E COZIDOS): MANTEIGA ★ FARINHA DE TRIGO

A cebola, ralada e refogada. Sálvia, louro, alecrim e salsinha juntos no saquinho de tule ou gaze, depois amarrados para formar o bouquet garni

O vinho branco levanta o fundo e o bouquet garni aromatiza o caldo, onde o frango vai cozinhar lentamente

Quando estiver transparente, derrame sobre o fundo da caçarola o vinho branco, levantando assim o suco do frango, da manteiga e da cebola. Reduza o fogo. Despeje o caldo de galinha na caçarola com a cebola refogada e junte o bouquet garni. Deixe cozinhando, em fogo baixo, por alguns minutos para aromatizar o caldo. Coloque os pedaços de frango novamente na caçarola e deixe cozinhar em fogo brando.

Cogumelos salteados, cebolas caramelizadas e frango cozinhando. Depois, tudo vai se misturar

PREPARE OS COGUMELOS: refogue os cogumelos na manteiga e no alho. Acerte o sal e a pimenta e cozinhe-os no vinho branco.

PREPARE AS CEBOLAS CARAMELIZADAS: numa panela, cubra as cebolas com água, 1 colher (sopa) de vinagre, 1 colher (sopa) de manteiga, açúcar e sal. Cozinhe em fogo brando até que fiquem transparentes e brilhantes.

PREPARE A BEURRE MANIÉ: misture bem 2 colheres (sopa) de manteiga com 2 colheres (sopa) de farinha e depois amasse com as mãos, obtendo uma massa homogênea, que servirá para engrossar o molho sem encaroçar. Vá juntando, aos poucos, a beurre manié ao molho da caçarola, mexendo sempre até obter a consistência desejada. Adicione o creme de leite, mexa bem e deixe cozinhando por alguns minutos com a caçarola tampada, sempre em fogo brando. Para finalizar, junte à caçarola as cebolas caramelizadas e os cogumelos preparados à parte, misture tudo muito bem, cozinhe por mais alguns minutos e sirva.

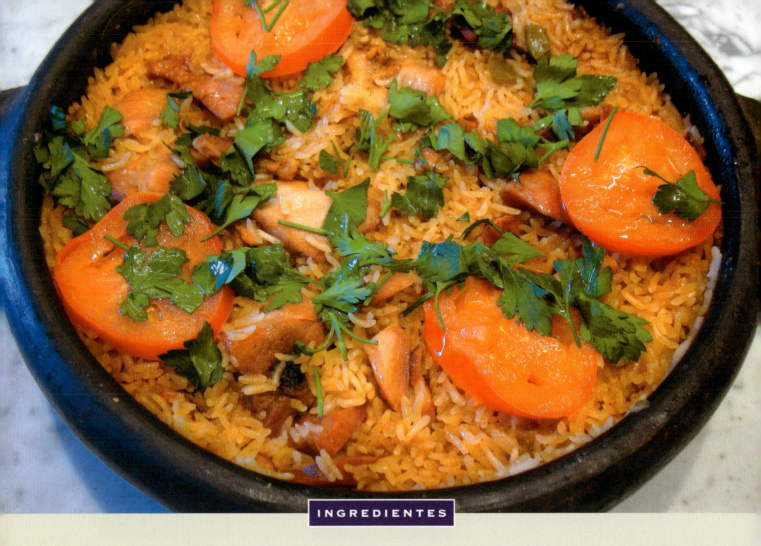

INGREDIENTES

COXAS E SOBRECOXAS DE FRANGO, CORTADAS EM PEDAÇOS PEQUENOS
SUCO DE MEIO LIMÃO ★ COLORAU ★ AZEITE DE OLIVA VIRGEM
SAL E PIMENTA-DO-REINO A GOSTO
2 DENTES DE ALHO AMASSADOS E PICADOS
1 CEBOLA ROXA MÉDIA RALADA ★ 1 LINGUIÇA PORTUGUESA FATIADA
1 PIMENTÃO VERDE CORTADO EM CUBINHOS
1 1/2 XÍCARA DE ARROZ LAVADO E ESCORRIDO
CALDO DE GALINHA ★ 2 COLHERES (SOPA) DE EXTRATO DE TOMATE
SALSINHA PICADA ★ 1 TOMATE CORTADO EM RODELAS

AVES & OVOS

Galinhada

> Galinhada é um prato da chamada "cozinha de arribação" típico da culinária goiana. Pode ser encontrada nos bons bares "fim de noite" da cidade de São Paulo, especialmente a altas horas.

FRITE OS PEDAÇOS DE FRANGO NO AZEITE. QUANDO DOURADOS, ESCORRA, SEQUE E RESERVE

Tempere os pedaços de frango com suco de limão, colorau, sal e pimenta. Deixe descansando por 30 minutos para pegar gosto. Numa panela, doure por igual os pedaços de frango no azeite bem quente. Quando prontos, retire, escorra e seque muito bem sobre papel toalha. Reserve.
Na panela em que vai servir (melhor se for de barro ou pedra, sempre com tampa), refogue, em fogo baixo, o alho e a cebola.

105

Refogue, em fogo baixo, o alho e depois a cebola, a linguiça, o pimentão e o frango

Quando a cebola estiver dourada e transparente, junte a linguiça e o pimentão. Acerte o sal, adicione a pimenta-do-reino e deixe refogando em fogo mínimo, com a panela tampada. Junte ao refogado o frango que ficou reservado e misture bem todos os ingredientes da panela. Acrescente o arroz e misture bem, de maneira que o arroz "frite" por igual. Despeje na panela o caldo de galinha, junte o extrato de tomate e misture tudo novamente. Quando o caldo abrir fervura, abaixe o fogo, tampe a panela e deixe cozinhar até que o arroz atinja o ponto ideal. Use mais água se necessário. Desligue o fogo e deixe descansando por 10 minutos. Cubra com a salsinha picada, decore com as rodelas de tomate e sirva.

O ARROZ VAI CRU PARA A PANELA E COZINHA NO CALDO DE GALINHA

AVES & OVOS

O frango e a preguiça

Um prato que, para ficar bom mesmo, requer enorme grau de desleixo e má vontade. É um modo fácil e rápido de preparar frango: basta pôr tudo na assadeira, sem "arrumar", e levar ao forno. Pode-se dizer que o melhor ingrediente da receita é mesmo a preguiça.

Corte os legumes: as batatas em quatro, os pimentões em rodelas, os dentes de alho em lâminas finas e as cebolas em gomos. Envolva alguns pedaços de frango com uma fatia de bacon.

Numa assadeira, disponha os pedaços de frango, deixando espaço para distribuir os demais ingredientes. Espalhe bem os legumes cortados e tempere tudo com sal grosso,

pimenta-do-reino moída na hora e bastante alecrim. Cubra com um fio de azeite de oliva virgem e leve ao forno em temperatura alta (220 °C) por aproximadamente

INGREDIENTES

BATATAS, DESCASCADAS OU NÃO (DEPENDE DA PREGUIÇA)
3 PIMENTÕES (1 VERDE, 1 VERMELHO E 1 AMARELO)
DENTES DE ALHO ★ CEBOLAS ★ COXAS E SOBRECOXAS DE FRANGO
(OU UM FRANGO INTEIRO CORTADO NAS JUNTAS)
BACON CORTADO EM FATIAS ★ SAL GROSSO E/OU FLOR DE SAL
PIMENTA-DO-REINO ★ AZEITE DE OLIVA VIRGEM

BACON EM ALGUNS PEDAÇOS DE FRANGO ESPALHADOS NA ASSADEIRA

FRANGO, LEGUMES E TEMPEROS SE MISTURAM NA ASSADEIRA

50 minutos. Durante o cozimento, vire com cuidado os pedaços de frango e os legumes para que possam assar por igual. Com uma colher, regue o frango com o suco que se desprende do fundo da assadeira. Quando o frango estiver dourado e macio, retire do forno e sirva.

INGREDIENTES

2 BATATAS MÉDIAS ★ ÓLEO PARA FRITURA
3 OVOS, CLARAS E GEMAS SEPARADAS
SAL E MESCLA DE PIMENTAS MOÍDAS NA HORA
SALSINHA ★ MANJERICÃO

A V E S & O V O S

A omelete da Dona Elianinha

Descasque e corte as batatas em lâminas não muito finas. Lave bem, escorra e deixe as fatias imersas em água por pelo menos 10 minutos. Escorra-as mais uma vez e seque-as cuidadosamente sobre um pano. Numa frigideira, aqueça o óleo e acrescente as batatas, deixando-as ligeiramente douradas de todos os lados. Retire da frigideira, escorra e seque sobre folhas de papel absorvente.

LÂMINAS DE BATATA NÃO MUITO FINAS SÃO LAVADAS, ESCORRIDAS, IMERSAS EM ÁGUA E SECAS ANTES DE FRITAR

Fritas no óleo quente, as batatas devem ficar ligeiramente douradas

A fritura seca em papel toalha. Os ovos batidos, as ervas e, por fim, as batatas

COM A AJUDA DE UM PRATO, VIRE A OMELETE E DOURE DO OUTRO LADO

Numa tigela, bata primeiro as claras e só depois as gemas. Acerte o sal e a pimenta, junte as ervas, 1 colher (sopa) de água e algumas gotas de óleo. Misture tudo muito bem. Acrescente as batatas semidouradas e misture cuidadosamente.

Na mesma frigideira em que as batatas foram fritas, despreze boa parte do óleo da fritura, deixando apenas uma fina camada, o mínimo necessário para fritar a omelete.
Despeje a mistura de ovos e batatas sobre o fino fundo de óleo aquecido. Frite até ficar levemente dourada. A seguir, usando um prato, tire a omelete da frigideira e inverta a face. Coloque-a de volta, dourando assim por igual o outro lado. Quando estiver pronta, retire do fogo e sirva ainda quente.

AVES & OVOS

Ovos ao forno

Os cubos de presunto dourados na mescla de manteiga e azeite vão para a travessa refratária com os tomates temperados, o queijo ralado e os dois ovos inteiros. Depois é só assar

Tempere os tomates com orégano, sal e pimenta. Numa frigideira, doure os cubos de presunto numa mistura de azeite e manteiga. Quando dourar, retire e seque sobre papel absorvente.
Numa travessa refratária, coloque os cubos de presunto, os tomates e o queijo ralado. Misture tudo muito bem. Coloque os dois ovos inteiros sobre o queijo. Leve ao forno a 200 °C por aproximadamente 30 minutos, até que a clara dos ovos fique dura. Retire e sirva ainda quente, acompanhado de pão ou torradas.

INGREDIENTES

QUEIJO TIPO GRUYÈRE RALADO NO RALO GROSSO ★ PRESUNTO
COZIDO GORDO CORTADO EM CUBOS DE 1 CM DE LADO
TOMATES-CEREJA CORTADOS AO MEIO ★ ORÉGANO FRESCO
SAL E PIMENTA-DO-REINO ★ AZEITE DE OLIVA
MANTEIGA ★ 2 OVOS

INGREDIENTES

MINIPÃO ITALIANO REDONDO
FATIAS DE PRESUNTO COZIDO ★ FATIAS DE PANCETTA
QUEIJO FUNDIDO CORTADO EM PEQUENOS CUBOS
QUEIJO BRIE ★ 1 OVO PARA CADA PÃO
SAL E PIMENTA-DO-REINO

AVES & OVOS

Pão com ovo

O RECHEIO BEM DISTRIBUÍDO E, POR CIMA DE TUDO, O OVO INTEIRO

Corte cuidadosamente o topo do pão italiano e cave com os dedos para retirar o miolo. Forre o oco do pão com as fatias de presunto e, por cima, coloque as fatias de pancetta. O presunto e a pancetta devem sobrar para fora do pão, em abas. Distribua os cubos de queijo fundido no interior do pão. Por cima, coloque uma fatia de queijo brie. Comprima levemente todos os ingredientes, criando um nicho para o ovo.

Coloque o pão numa assadeira e, sobre os queijos do recheio, despeje cuidadosamente o ovo inteiro. Leve ao forno preaquecido a 220 °C por 15 minutos. Sirva ainda quente, como entrada.

AVES & OVOS

Peito de pato com laranja
(Magret de canard à l'orange)

TIRAS FINAS COZIDAS NA CALDA

Com uma faca de lâmina bem afiada, faça leves incisões diagonais nos dois sentidos no peito do pato, de forma a facilitar a drenagem da gordura. Tempere o peito de pato com sal, pimenta e ¼ de xícara de vinagre. Reserve. Descasque três laranjas, tomando cuidado para não retirar a pele branca. Corte as cascas em tiras muito finas e reserve. Retire a parte branca das laranjas para ficar só com a polpa, corte-as então em rodelas e reserve. Numa panela, dissolva o açúcar em 1 colher (sopa) de água de modo a obter uma calda dourada. Acrescente o vinagre e o caldo da laranja restantes.

INGREDIENTES

2 PEITOS DE PATO COM A PELE ★ SAL E PIMENTA-DO-REINO
1/2 XÍCARA DE VINAGRE DE VINHO BRANCO
AZEITE DE OLIVA VIRGEM ★ 4 LARANJAS-BAÍA
1/4 DE XÍCARA DE AÇÚCAR ★ 250 ML DE CALDO DE GALINHA
1 COLHER (SOPA) DE MAISENA ★ 1/2 XÍCARA DE LICOR DE LARANJA
(CURAÇAO, COINTREAU OU GRAND MARNIER)

Laranja e caldo de galinha no molho para os peitos de pato grelhados

O PATO PRONTO PARA SERVIR: FATIAS DE PEITO COBERTAS POR RODELAS E TIRAS DE LARANJA COM O MOLHO

Deixe reduzir à metade e adicione o caldo de galinha. Cozinhe em fogo baixo.
À parte, ferva por cerca de quatro minutos as tiras de casca de laranja. Escorra-as e junte-as ao molho. Dissolva a maisena no licor e acrescente ao molho, mexendo muito bem.
Numa frigideira (de preferência de ferro) bem quente, grelhe os peitos de pato, dourando-os igualmente por todos os lados. Depois de dourados por igual, e ainda com o interior da carne rosado (cor de lingerie), corte-os em fatias. Ajeite as fatias numa travessa rasa, decore com as rodelas e as tiras de laranja, cubra com o molho e sirva.

INGREDIENTES

FILÉS FINOS DE PEITO DE PERU ★ SAL E PIMENTA-DO-REINO A GOSTO
PANCETTA CORTADA EM FATIAS FINAS ★ FOLHAS DE SÁLVIA
FARINHA DE TRIGO ★ MANTEIGA ★ AZEITE DE OLIVA VIRGEM
SUCO DE 1 LIMÃO ★ VINHO BRANCO
2/3 DE XÍCARA DE CALDO DE GALINHA ★ SALSINHA PICADA

PARA O RISOTTO AI FUNGHI E ZAFFERANO: COGUMELOS SECOS
CEBOLA PICADA ★ MANTEIGA ★ SAL E PIMENTA-DO-REINO A GOSTO
ARROZ PRÓPRIO PARA RISOTO ★ VINHO BRANCO ★ AÇAFRÃO
CALDO DE GALINHA ★ QUEIJO PARMESÃO RALADO

AVES & OVOS

Saltimbocca de peito de peru ao molho de limão

OS FILÉS DE PERU SÃO RECHEADOS, ENROLADOS, PRESOS COM PALITO E PASSADOS DE LEVE NA FARINHA DE TRIGO

Tempere os filés com sal e pimenta-do-reino moída na hora. Bata os filés levemente para amaciar. Corte em pedaços retangulares e enrole cada um juntamente com uma fatia de pancetta e folhas de sálvia. Use palitos de dente para fechar. Passe cada rolinho na farinha de trigo, de maneira a enfarinhar todos os lados. Numa caçarola, derreta manteiga e azeite. Perfume a fritura adicionando folhas de sálvia para perfumar. Frite os rolinhos enfarinhados em fogo baixo. Quando estiverem dourados, junte o suco de limão misturado com o vinho branco (o volume deve render 2/3 de xícara no total).

ROLINHOS DE PERU DOURAM NA MESCLA DE AZEITE E MANTEIGA, PERFUMADOS COM SÁLVIA

Levante o suco da carne raspando o fundo da caçarola com uma colher de pau. Quando o álcool do vinho evaporar, abaixe o fogo para o molho reduzir.
Quando o molho estiver espesso, adicione o caldo de galinha e mexa bem. Deixe cozinhando em fogo baixo, por alguns minutos, com a caçarola destampada, até o molho encorpar. Acerte o sal e a pimenta, retire do fogo e sirva com risotto ai funghi e zafferano ou então com purê de batatas.

PREPARE O RISOTTO: deixe os cogumelos secos de molho em água filtrada.

Numa panela de fundo espesso, doure a cebola na manteiga até ficar transparente. Acerte o sal e a pimenta e coloque o arroz (sem lavar). Deixe refogar por cinco minutos. Em outra panela, cozinhe os cogumelos. Quando estiverem macios, escorra e corte em pedaços pequenos. Reserve a água do cozimento. Acrescente ao arroz refogado o vinho branco e deixe cozinhar até secar. Junte o açafrão, um pouco da água do cozimento dos cogumelos e um pouco de caldo de galinha. Vá colocando os líquidos aos poucos, devagar e alternadamente, o suficiente para cobrir o arroz, mexendo. Sempre que começar a secar, vá adicionando o caldo. Quando o arroz ficar al dente, acrescente o queijo parmesão ralado e mexa bem. Desligue o fogo, acrescente mais um pouco de manteiga, tampe a panela e deixe secar por três minutos.

VINHO BRANCO E SUCO DE LIMÃO PARA LEVANTAR O FUNDO, CALDO DE GALINHA PARA COZINHAR LENTAMENTE E ENGROSSAR O MOLHO

Carnes

131
ALMÔNDEGAS AO MOLHO MADEIRA

134
BLANQUETTE DE VEAU

137
BIFE A ROLÊ PAULISTANO
(BRACIOLETTE RIPIENE)

140
CARNE DE PANELA COM
BATATAS FERRUGEM

145
CARNE-SECA (CHARQUE) COM ABÓBORA

148
CODEGUIM COM LENTILHAS

153
ESCALOPES RECHEADOS
(SCALOPPE FARCITE)

154
FÍGADO DE VITELA À MODA DO VÊNETO

159
FILÉ À MODA DE CAPRI

162
FILÉ À PARMEGIANA

167
FILÉ AO MOLHO DE MOSTARDA

168
LÍNGUA ENSOPADA AO MARSALA

172
LINGUIÇA CAIPIRA, FEIJÃO-BRANCO E SÁLVIA

177
LOMBO DE PANELA COM MOLHO FERRUGEM

179
OSSOBUCO DE VITELA

182
PORCHETTA

187
RABADA COM POLENTA

188
ROSBIFE COM SALADA DE BATATAS

193
SALTIMBOCCA

194
STROGONOFF DE BUATE

198
COSTELA BOVINA DESFIADA,
REFOGADA NA MANTEIGA DE GARRAFA

INGREDIENTES

2 PÃES FRANCESES EMBEBIDOS EM LEITE
TOMATES MADUROS, SEM PELE E SEMENTES
500 G DE CARNE BOVINA ★ 250 G DE CARNE DE PEITO DE FRANGO
250 G DE LOMBO DE PORCO ★ SALSINHA PICADA ★ ALECRIM PICADO
1 GEMA ★ CEBOLA PICADA FINO ★ 2 COLHERES (CHÁ) DE VINAGRE
SAL E PIMENTA-DO-REINO ★ FARINHA DE ROSCA ★ FARINHA DE TRIGO
MANTEIGA ★ 1/2 XÍCARA DE VINHO MADEIRA SECO

CARNES

Almôndegas ao molho madeira

Esprema os pães embebidos em leite para drenar o excesso de líquido. Pique os tomates grosseiramente. Reserve. Misture muito bem a carne com o pão espremido, a salsinha, o alecrim, a gema, a cebola e o vinagre. Tempere com sal e pimenta.
Verifique se a consistência permite que a massa obtida seja enrolada com as mãos. Se necessário, adicione farinha de rosca para dar liga. Com a massa, faça pequenas esferas e passe-as na farinha de trigo.

O madeira é um vinho fortificado, com elevado teor alcoólico, produzido nas encostas e adegas da Região Demarcada da Ilha da Madeira.

Numa caçarola em fogo baixo, frite as almôndegas na manteiga. Quando estiverem douradas por igual, levante o fundo da caçarola despejando o vinho madeira. Raspe o fundo com uma colher de pau, para soltar o suco caramelizado da carne. Junte os tomates picados e deixe cozinhar em fogo muito baixo, com a caçarola tampada, por 30 minutos, mexendo de vez em quando, até obter um molho espesso e homogêneo.

OS TOMATES SEM PELE E SEMENTES E AS ALMÔNDEGAS PASSADAS NA FARINHA E DEPOIS DOURADAS NA MANTEIGA

Esta é a receita básica de almôndegas, que podem ser cozidas no molho de tomate ou transformadas em bolinhos de carne, fritos em abundante azeite de oliva. Outra opção é usar a receita básica para fazer almôndegas grandes, recheadas com mozarela, moldadas numa forma mais achatada, empanadas, fritas e depois cobertas com molho de tomate e queijo parmesão, transformando-se nos famosos polpetones.

Levante o fundo resultante da fritura com o vinho madeira

Tomates sem pele e picados

Refogue em fogo baixo até obter um molho espesso

Tomates e almôndegas em fogo baixo até formar um molho rico

Sirva as almôndegas com batatas cozidas cobertas por um fio de azeite, com arroz branco ou então com uma massa seca apenas passada na manteiga.

CARNES

Blanquette de veau

LEGUMES E COGUMELOS SALTEADOS NA MANTEIGA SE MISTURAM À VITELA BRANQUEADA COM TEMPEROS

Corte a carne em pedaços de cerca de 4 cm. Numa panela com dois litros de água fervente, coloque os cubos de caldo, a pimenta, o tomilho, o louro, metade da cebola e os cravos. Adicione os pedaços de carne e deixe branquear por seis minutos. Retire a carne, coe o caldo e reserve.
Coloque numa panela um pouco de manteiga e refogue o toucinho, a cebola restante, a cenoura, o aipo e o alho-poró.

Em outra panela, faça um roux branco com metade da manteiga e a farinha de trigo. Cozinhe por três minutos, mexendo sempre com um fouet. Junte o caldo reservado, aos poucos, sem parar de mexer, até obter um molho homogêneo. Quando estiver pronto, junte-o à panela com o refogado de legumes.
Adicione a carne e o creme de leite. Cozinhe em fogo baixo, mexendo, por 45 minutos.
Numa frigideira, salteie na manteiga os cogumelos e o alho. Acerte o sal e a pimenta, escorra e junte à panela da carne. Misture bem, prove o sal e a pimenta e deixe cozinhar por mais 15 minutos. Sirva com arroz branco e/ou batatas cozidas.

INGREDIENTES

500 G DE CARNE DE VITELA ★ 2 CUBOS DE CALDO DE GALINHA
1 COLHER (CAFÉ) DE PIMENTA-DO-REINO ★ TOMILHO ★ MANTEIGA
3 FOLHAS DE LOURO ★ 3 CRAVOS-DA-ÍNDIA ★ 2 CEBOLAS RALADAS
150 G DE BACON CORTADO EM CUBOS DE 1 CM ★ 100 G DE MANTEIGA
2 CENOURAS CORTADAS EM PEDAÇOS DE 3 CM
AIPO PICADO EM TIRAS FINAS E LONGAS ★ ALHO-PORÓ EM RODELAS
4 COLHERES (SOPA) DE FARINHA DE TRIGO
250 ML DE CREME DE LEITE FRESCO SEM O SORO
500 G DE COGUMELOS-DE-PARIS FRESCOS EM FATIAS FINAS
1 DENTE DE ALHO AMASSADO E PICADO
SAL E PIMENTA-DO-REINO

INGREDIENTES

5 BIFES DE COXÃO DURO ★ SAL E PIMENTA-DO-REINO
1 CENOURA ★ 1 MAÇO DE SÁLVIA
100 G DE PANCETTA (OU BACON) EM FATIAS
ÓLEO ★ 1 CEBOLA MÉDIA RALADA ★ 1 XÍCARA DE VINHO BRANCO
2 LATAS DE TOMATE PELADO (ITALIANO, DE PREFERÊNCIA)
1 DENTE DE ALHO GRANDE ★ 2 FOLHAS DE LOURO
1 CUBO DE CALDO DE CARNE

CARNES

Bife a rolê paulistano
(Braciolette ripiene)

SOBRE CADA BIFE, CENOURA, SÁLVIA E PANCETTA. DEPOIS É SÓ ENROLAR E PRENDER COM LINHA OU BARBANTE

Apare, bata e tempere os bifes com sal e pimenta. Raspe a casca da cenoura, lave-a e corte-a ao meio, no sentido longitudinal. Depois, corte em pedaços da largura da carne, distribua pelos bifes e, por cima de cada um, coloque a sálvia e a pancetta. Enrole os bifes com esse recheio e amarre-os com barbante.

Os bifes são dourados. Depois, recebem a cebola ralada e o vinho, criando um molho ferrugem

Tomates batidos com tempero se juntam aos bifes a rolê e cozinham lentamente, enriquecendo o molho

Numa caçarola, doure os bifes com pouco óleo, cuidando para que dourem de todos os lados e depositem o suco da carne no fundo da panela. Junte a cebola ralada, refogue bem e despeje o vinho para levantar o fundo e obter um molho ferrugem.

Bata no liquidificador o tomate pelado com o alho e o louro. Despeje o líquido obtido sobre a carne na panela, raspe mais uma vez o fundo para terminar de levantar, junte o cubo de caldo de carne e deixe cozinhar em fogo baixo até engrossar.

Acerte o sal e a pimenta. Cozinhe pappardelle ou outra massa seca em água com sal, escorra e salteie na manteiga com alho. Cubra com o molho que resultou da cocção da carne. Sirva com uma mescla de queijos ralados.

CARNES

Carne de panela com batatas ferrugem

A CARNE ABERTA E BATIDA

PARTE DO RECHEIO BEM DISTRIBUÍDO

Abra a manta de carne e bata com o martelo para que amacie ainda mais e tome a forma desejada. Tempere-a com sal e pimenta-do-reino. Distribua sobre a carne as fatias de pancetta, o alecrim, algumas gotas de molho inglês e a mostarda. Coloque os pedaços de cenoura a intervalos regulares, pois serão enrolados juntamente com a carne. Espalhe o recheio retirado da linguiça calabresa sobre as fatias de pancetta e os pedaços de cenoura, distribuindo-o por toda a superfície da carne. Acrescente algumas folhas de salsinha, alecrim e manjericão picadas grosseiramente ou apenas rasgadas com a mão.

INGREDIENTES

CONTRAFILÉ ABERTO EM MANTA ★ PANCETTA EM FATIAS FINAS
SAL E PIMENTA-DO-REINO MOÍDA NA HORA ★ ALECRIM
MOLHO INGLÊS ★ 1 COLHER (CHÁ) DE MOSTARDA
CENOURAS CORTADAS EM CRUZ NO SENTIDO LONGITUDINAL
LINGUIÇA CALABRESA SEM A PELE ★ SALSINHA ★ MANJERICÃO
CALDO DE CARNE ★ BATATAS DESCASCADAS, CORTADAS EM CRUZ
LINHA GROSSA OU BARBANTE PARA AMARRAR A CARNE

Com filme plástico, cubra toda a extensão da carne. Comprima com as mãos o recheio para que fique bem distribuído. Retire o filme plástico e enrole a carne cuidadosamente, de forma a obter um cilindro. Amarre firmemente com barbante ou linha e aperte a peça.

Numa panela, frite em pouco óleo a peça de carne, dourando-a de todos os lados. Aos poucos, adicione o caldo sobre a carne para que ela comece a cozinhar. Ao despejar o caldo de carne, o fundo da panela soltará o suco caramelizado da carne. Use uma colher de pau para despregar

Pedaços de linguiça espalhados pela carne completam o recheio. Coloque filme plástico sobre o recheio e comprima para achatar

A carne enrolada

Amarrada com o barbante

Frita na panela com pouco óleo

LEVANTE O FUNDO DA FRITURA COM CALDO, JUNTE AS BATATAS E DEIXE EM FOGO BAIXO PARA OBTER O MOLHO FERRUGEM

esse suco e obter um caldo cor de ferrugem. Junte mais caldo e vá girando a peça na panela para que possa cozinhar por igual. Quando o cozimento estiver pelo meio, acrescente o caldo até a metade da peça e as batatas para cozinhar em fogo brando. Continue colocando o caldo até que a carne e as batatas estejam perfeitamente cozidas. Se necessário, retire a carne e termine de cozinhar as batatas imersas no molho escuro, obtendo assim as chamadas batatas ferrugem. Fatie a carne e sirva com o molho, acompanhada das batatas.

INGREDIENTES

ABÓBORA CORTADA EM CUBOS ★ LOURO ★ ALECRIM
CALDO DE GALINHA ★ CALDO DE LEGUMES ★ ALHO COM A CASCA
CARNE-SECA CORTADA EM CUBOS ★ MANTEIGA
ALHO PICADO FINAMENTE ★ CEBOLA CORTADA EM GOMOS
SAL E PIMENTA-DO-REINO ★ 2 COLHERES (SOPA) DE VINAGRE BRANCO
TOMATES, SEM PELE E SEMENTES, PICADOS
PIMENTA DEDO-DE-MOÇA, SEM SEMENTES, PICADA
COENTRO PICADO ★ SALSINHA PICADA

CARNES

Carne-seca (charque) com abóbora

O charque é uma carne salgada, quase sempre bovina, que tem sua origem no Nordeste. Ali, por falta de tecnologias de refrigeração, usava-se o sal como conservante. Tempos depois, passou a ser produzido e bastante apreciado também no Rio Grande do Sul. No Sudeste, é conhecido como carne-seca.

Lave bem os cubos de abóbora e leve-os para cozinhar em água abundante. Adicione folhas de louro, um ramo de alecrim e os cubos de caldo de galinha e de legumes. Cozinhe lentamente até que a abóbora esteja macia, mas ainda consistente, a ponto de ser refogada de novo. Retire, escorra e reserve. Coloque a carne-seca para ferver em bastante água, por aproximadamente 20 minutos, para que perca o excesso de sal. Escorra-a em muitas águas e lave a panela, eliminando todos os vestígios de sal. Leve-a novamente ao fogo com água, iniciando a segunda fervura, que dará o ponto desejado à carne. Acrescente dentes de alho com casca, ramos de alecrim e folhas de louro para aromatizar. Retire do fogo quando a carne estiver macia, escorra e separe. Refogue na manteiga o alho e a cebola cortada em gomos, até que a cebola fique transparente.

São muitas as maneiras de preparar carne-seca com abóbora, todas deliciosas. A receita mais usada é a de carne-seca desfiada com quibebe. Nos botequins do Rio de Janeiro se encontra a excelência na preparação do prato, nas mais variadas versões, uma melhor que a outra.

CUBOS DE ABÓBORA COZIDOS COM ERVAS E TEMPEROS ATÉ FICAREM MACIOS, MAS AINDA FIRMES.
A CARNE-SECA PASSA POR UMA PRIMEIRA FERVURA PARA TIRAR O SAL. NA SEGUNDA FERVURA, RECEBE TEMPEROS

A CEBOLA É REFOGADA NA MANTEIGA, EM FOGO BAIXO. A CARNE SE JUNTA ÀS CEBOLAS PARA REFOGAR LENTAMENTE. DEPOIS DE TEMPERADA, RECEBE OS DEMAIS INGREDIENTES, CUIDANDO PARA NÃO DESMANCHAR A ABÓBORA

Acerte o sal e a pimenta. Junte os cubos de carne e refogue cuidadosamente em fogo baixo. Quando a carne estiver no ponto exato de maciez, regue com o vinagre e continue mexendo, até que o vinagre evapore por completo. Adicione o tomate picado, os cubos de abóbora, a pimenta dedo-de-moça picada, o coentro e a salsinha. Refogue tudo muito bem, cuidando para que a abóbora não desmanche. Sirva com arroz branco e farofa.

CARNES

Codeguim com lentilhas

As lentilhas imersas em água

Lave muito bem as lentilhas, escorra-as e deixe-as repousando imersas em água fria por aproximadamente 40 minutos. Enquanto isso, inicie o preparo do tempero para as lentilhas: rale a cebola, pique o tomate em pequenos cubos, corte o alho em lâminas muito finas e a salsinha grosseiramente, pique a pimenta dedo-de-moça, o alecrim e o orégano fresco.

Em 1511, as tropas do Papa Júlio II sitiaram a comuna de Mirandola, na região de Modena, na Emilia-Romagna. Numa medida extrema, os habitantes começaram a utilizar o couro dos porcos para ensacar os miúdos e aproveitar toda a carne possível, inventando, assim, o cotechino. Fizeram o mesmo com as patas (zampe) e criaram o zampone. Trazidos ao Brasil pelos imigrantes italianos, os dois embutidos passaram a fazer parte dos cardápios do Sul e do Sudeste. Hoje, o Cotechino e o Zampone di Modena gozam na Itália da Indicação Geográfica Protegida (IGP).

INGREDIENTES

250 G DE LENTILHAS ✶ 1 CODEGUIM ✶ 1 CEBOLA
1 TOMATE SEM PELE E SEMENTES ✶ 3 DENTES DE ALHO
SALSINHA ✶ 1/2 PIMENTA DEDO-DE-MOÇA SEM SEMENTES
ALECRIM ✶ ORÉGANO FRESCO ✶ AZEITE DE OLIVA VIRGEM
SAL E MESCLA DE PIMENTAS MOÍDAS NA HORA
FOLHA DE LOURO

OS TEMPEROS DA LENTILHA PRONTOS PARA O PREPARO: LÂMINAS DE ALHO DOURAM NO AZEITE, DEPOIS ENTRAM AS CEBOLAS, OS CUBOS DE TOMATE E OS TEMPEROS. AINDA NA EMBALAGEM, O CODEGUIM COZINHA COM AS LENTILHAS

Numa panela, doure no azeite de oliva as lâminas de alho. Junte a cebola ralada, acerte o sal e a mescla de pimentas moídas na hora. Refogue bem. Quando a cebola estiver bem refogada e transparente, incorpore ao refogado o tomate picado e a pimenta dedo-de-moça e deixe cozinhar em fogo baixo, com a panela tampada. Quando o tomate estiver bem diluído, adicione a salsinha, o alecrim, o orégano e a folha de louro e refogue mais um pouco com a panela tampada em fogo baixo. Escorra as lentilhas e leve-as para cozinhar em uma panela com água abundante. Na mesma panela, coloque o codeguim ainda na embalagem. Cozinhe tudo junto, em fogo brando. Quando as lentilhas estiverem

> O codeguim não artesanal, encontrado em mercados e feiras livres, vem embalado hermeticamente em plástico ou, como o que foi utilizado aqui, embrulhado em papel-alumínio vedado. Cozinhe-o por 20 minutos ainda dentro da embalagem, imerso na água do cozimento das lentilhas. Só depois disso abra a embalagem e aproveite na própria panela o líquido liberado com os aromas e temperos do codeguim.

FATIADO, O CODEGUIM VOLTA PARA A PANELA DA LENTILHA POR MAIS CINCO MINUTOS E ESTARÁ TUDO PRONTO PARA SERVIR

semicozidas e começarem a amaciar, junte à panela o tempero feito à parte e misture tudo muito bem. Assim que as lentilhas atingirem o ponto exato de cozimento, retire a embalagem do codeguim, juntando o líquido ali contido às lentilhas. Retire o codeguim da panela e corte-o em fatias. Coloque as fatias na panela e cozinhe por mais cinco minutos. Verifique o sal e sirva muito quente.

INGREDIENTES

ESCALOPES DE FILÉ-MIGNON, CORTADOS AOS PARES
SAL E PIMENTA-DO-REINO MOÍDA NA HORA
PRESUNTO CRU OU PANCETTA EM FATIAS
QUEIJO BRIE CORTADO EM FATIAS DE 1 CM DE ESPESSURA
FARINHA DE TRIGO * MANTEIGA * ÓLEO DE MILHO
1 XÍCARA DE VINHO BRANCO SECO
ERVILHAS FRESCAS, SEMICOZIDAS NO VAPOR * CALDO DE CARNE

CARNES

Escalopes recheados
(Scaloppe farcite)

CORTADOS AOS PARES E RECHEADOS, OS ESCALOPES SÃO "UNIDOS" PELAS BORDAS COM A AJUDA DO MARTELO

Tempere os pares de escalopes com sal e pimenta-do-reino. Bata-os com o martelo de carne, sempre aos pares.

Coloque sobre a metade de cada um o queijo brie envolto na fatia de pancetta. Cubra cada escalope com seu par, pressionando as bordas com a parte dentada do martelo de carne, de forma que fiquem bem fechados.

Passe os escalopes recheados na farinha de trigo de todos os lados, retirando o excesso. Numa frigideira, doure em manteiga e óleo os escalopes recheados. Quando estiverem dourados, retire-os e reserve-os em lugar aquecido.

Junte o vinho branco à frigideira onde os escalopes foram dourados. Adicione as ervilhas pré-cozidas no vapor, aumente o fogo, acrescente o caldo de carne e deixe reduzir à metade, formando um molho espesso. Antes de servir, retorne os

ESCALOPES VOLTAM À PANELA PARA AQUECER NO MOLHO

escalopes recheados à frigideira com as ervilhas, para que aqueçam imersos no molho. Sirva os escalopes cobertos com o molho de ervilhas.

153

CARNES

Fígado de vitela à moda do Vêneto

O FÍGADO DE MOLHO NO LEITE

CEBOLAS E PIMENTÕES CORTADOS

Corte os bifes de fígado em tiras de aproximadamente 3 cm de largura e deixe-os imersos no leite por cerca de 30 minutos. Tire a pele dos pimentões e corte-os em tiras. Corte as cebolas em rodelas muito finas.

Numa frigideira, refogue no azeite e na manteiga as cebolas e os pimentões cortados, até que dourem. Retire e reserve. Remova as tiras de fígado do leite, seque-as num pano limpo, tempere-as com sal e pimenta e passe-as na farinha de trigo. Coloque mais manteiga na frigideira, a mesma usada com a cebola e o pimentão, e acrescente folhas de sálvia picadas com as mãos, grosseiramente, para aromatizar a manteiga.

INGREDIENTES

500 G DE FÍGADO DE VITELA EM BIFES ★ LEITE
2 PIMENTÕES VERDES ★ CEBOLAS ★ AZEITE DE OLIVA VIRGEM
2 COLHERES (SOPA) DE MANTEIGA ★ SAL E PIMENTA-DO-REINO
FARINHA DE TRIGO ★ FOLHAS DE SÁLVIA
SUCO DE LIMÃO ★ 1/2 XÍCARA DE VINHO BRANCO SECO
SALSINHA PICADA

Em toda a região do Vêneto, o fígado é preparado com cebolas, porque, dizem eles, essa é a maneira de suavizar seu típico sabor acre. No tempo do Império Romano, o miúdo era preparado com figos, no lugar das cebolas. Mas, para os venezianos e vênetos, para suavizar o sabor amargo do fígado, o truque é deixá-lo de molho no leite. E o segredo é fritar rapidamente para o miúdo não endurecer. Mas nem os venezianos conhecem um truque capaz de convencer alguém a saborear um bom fígado se ele fizer parte daquela turma que odeia comer miúdo.

As tiras de pimentão e as rodelas de cebola são refogadas. As tiras de fígado que ficaram de molho no leite são escorridas, secas e passadas na farinha de trigo para depois serem fritas

Depois de fritas as tiras de fígado, o vinho é despejado e se mistura aos sucos da panela, formando o molho

Junte as tiras de fígado e deixe que dourem por igual de todos os lados. Quando estiverem no ponto desejado, levante o fundo da frigideira com o suco de limão e o vinho branco. Use, se necessário, uma colher de pau para raspar o fundo, caramelizando o líquido. Deixe reduzir o molho, retorne à frigideira a cebola e o pimentão refogados, coloque a salsinha picada e sirva com batatas cozidas ou purê de batatas.

INGREDIENTES

MEDALHÕES DE FILÉ-MIGNON ★ ÓLEO
TOMATES-CEREJA CORTADOS AO MEIO, NA LONGITUDINAL
1 XÍCARA DE VINHO BRANCO ★ 2 DENTES DE ALHO PICADOS
SUCO DE LIMÃO-SICILIANO ★ FOLHAS DE RÚCULA
AZEITE DE OLIVA VIRGEM ★ VINAGRE BALSÂMICO
SAL E PIMENTA-DO-REINO ★ FATIAS DE QUEIJO BRIE FATIAS DE
QUEIJO GORGONZOLA ★ SALSINHA PICADA

CARNES

Filé à moda de Capri

OS FILÉS, SEMPRE
NO MESMO LUGAR NA FRIGIDEIRA

Limpe bem os cortes de filé e deixe-os descansar, no mínimo, por uma hora em temperatura ambiente, cobertos.
Aqueça no fogo alto uma frigideira, preferivelmente de inox. Passe com as mãos, lambuze mesmo, o óleo por todas as partes dos filés e leve-os à frigideira já quente.
Vire os filés (cuide para que seja sempre no mesmo lugar na frigideira para aproveitar os sucos) de todos os lados.

À medida que os lados forem sendo selados, polvilhe o sal. Repita com cada lado grelhado. Quando a carne estiver no ponto (cor de lingerie), retire e reserve em recipiente aquecido. Sobre o fundo da frigideira restou uma camada caramelizada dourado-escura dos sucos da carne. Abaixe o fogo e coloque os tomates cortados em metades.

Os tomates sobre o fundo caramelizado deixado pela carne

Deixe por cerca de 30 segundos e adicione o vinho branco para levantar o fundo da frigideira. Raspe o fundo com uma colher de pau, se necessário. Quando o molho escuro dos sucos da carne reduzir, acrescente o alho picado e deixe mais alguns minutos. Assim que os tomates-cereja estiverem macios para desmanchar, mas ainda inteiros, coloque algumas gotas de suco de limão e desligue o fogo. Com o fogo desligado, agrupe o conteúdo do molho bem no

Levante o fundo com o vinho branco

GORGONZOLA E BRIE DERRETIDOS APENAS NO CALOR DA FRIGIDEIRA

centro da frigideira. Coloque as fatias de brie e gorgonzola sobre o molho e abafe com uma tampa até que derretam apenas com o calor da frigideira. Distribua as folhas de rúcula pelos pratos de servir, formando camas para os filés. Tempere as camas rapidamente com azeite virgem e vinagre balsâmico. Coloque os filés já prontos nos pratos e cubra-os com o molho de tomates e queijos. Polvilhe a carne com um pouco de salsinha picada, regue com um fio de azeite e sirva.

A CAMA DE RÚCULA PREPARADA PARA RECEBER O FILÉ

CARNES

Filé à parmegiana

Farinhas e ovo cobrem os bifes

Vincos "seguram" a cobertura

Filés fritos em óleo abundante

Abra o medalhão "em borboleta": corte a carne sem separar em duas partes, formando um visual semelhante ao de asas de borboleta. Bata os medalhões com o martelo e tempere com sal e pimenta-do-reino.
Misture a farinha de rosca com o queijo parmesão ralado e a noz-moscada.
Passe o filé na farinha de trigo, depois no ovo e só então na farinha de rosca temperada.

INGREDIENTES

MEDALHÃO DE FILÉ ✶ SAL E PIMENTA-DO-REINO
FARINHA DE ROSCA ✶ QUEIJO PARMESÃO RALADO
NOZ-MOSCADA RALADA ✶ FARINHA DE TRIGO
OVO INTEIRO BATIDO ✶ ÓLEO PARA FRITURA
MOLHO DE TOMATE ✶ QUEIJO MOZARELA RALADO EM RALO GROSSO
ORÉGANO FRESCO

> Há quem jure jamais ter visto um filé à parmegiana em toda a Itália, nem mesmo em Parma, cidade da Emilia-Romagna que lhe empresta o nome. O filé à parmegiana, ao que tudo indica, é mais um fruto da cozinha cantineira paulistana, que cobriu o filé à milanesa com muito, muito molho e queijo.

O FILÉ É COLOCADO SOBRE UMA CAMADA DE MOLHO DE TOMATES

MOZARELA RALADA E ORÉGANO FRESCO. DEPOIS, É SÓ GRATINAR

Com o lado cego de uma faca, faça vincos de fora a fora nos dois lados do filé (veja na foto da página 162), para que a crosta não se rompa na fritura. Frite em óleo abundante, escorra e seque em papel absorvente. Cubra o fundo de uma travessa refratária com o molho de tomate e sobre ele acomode o filé. Cubra o com uma camada de molho e por cima coloque a mozarela misturada com folhas de orégano fresco. Leve ao forno para gratinar. Depois, cubra novamente com o molho de tomate e sirva polvilhado com queijo parmesão ralado.

INGREDIENTES

CEBOLINHAS CRUAS, TENRAS E DESCASCADAS ★ SAL ★ MANTEIGA
2 COLHERES (SOPA) DE AÇÚCAR ★ 1 COLHER (SOPA) DE VINAGRE
ÓLEO ★ MEDALHÃO DE FILÉ-MIGNON
CALDO DE CARNE ★ 1 XÍCARA DE CREME DE LEITE FRESCO
VINHO BRANCO ★ 1 COLHER (SOPA) DE MOSTARDA DE DIJON AMARELA
1 COLHER (SOPA) DE MOSTARDA À L'ANCIENNE (COM GRÃOS)
MESCLA DE PIMENTAS MOÍDAS NA HORA

CARNES

Filé ao molho de mostarda

AS CEBOLINHAS CARAMELIZADAS. O FILÉ GRELHADO EM POUCO ÓLEO.
OS SUCOS DA CARNE ENRIQUECIDOS COM AS MOSTARDAS E O CREME DE LEITE

Caramelize as cebolinhas: coloque-as numa panela com sal, açúcar, manteiga e vinagre. Cubra-as com água e leve ao fogo baixo. Quando estiverem cozidas e caramelizadas, desligue o fogo e reserve. Prepare a carne: coloque manteiga e óleo numa frigideira e frite o filé, dourando-o de todos os lados e deixando que se deposite no fundo da frigideira o suco caramelizado da carne. Retire o filé e reserve. Deixe a frigideira no fogo e, com o caldo de carne, levante o fundo caramelizado, raspando com uma colher de pau. Junte o vinho e deixe reduzir em um terço. Adicione então o creme de leite e as duas mostardas e mexa bem até que o molho encorpe. Acerte o sal e a pimenta. Volte o filé para a frigideira. Aqueça bem a carne, mesclando-a com o molho. Sirva o filé com o molho por cima e com as cebolinhas.

CARNES

Língua ensopada ao marsala

Cozinhe as
línguas com os temperos

Marsala é um tipo de vinho fortificado produzido nos arredores da cidade que lhe dá nome, na Sicília, Itália. A exemplo de outros vinhos regionais, tem denominação de origem controlada.

Coloque as línguas na panela de pressão, junte o vinagre, o alecrim, as cebolinhas, os dentes de alho com casca, os grãos de pimenta, o louro, uma xícara de vinho, o tomate inteiro e um cubo de caldo de carne.

Deixe cozinhar até as línguas ficarem macias.
Refogue um dente de alho no azeite e junte os seis tomates picados. Deixe cozinhar um pouco, retire do fogo, tempere com sal e pimenta e amasse para obter um purê.
Corte as línguas cozidas em fatias de aproximadamente 1 cm de espessura, fazendo o corte em diagonal, a 45 graus, aumentando assim o comprimento de cada fatia.

INGREDIENTES

LÍNGUAS DE BOI JÁ LIMPAS E SEM PELE
1 COLHER (SOPA) DE VINAGRE BRANCO ★ 1 RAMO DE ALECRIM
6 CEBOLINHAS DESCASCADAS ★ DENTES DE ALHO COM CASCA
PIMENTA-DO-REINO EM GRÃOS INTEIROS ★ FOLHAS DE LOURO
2 XÍCARAS DE VINHO BRANCO SECO
7 TOMATES (1 INTEIRO E 6 SEM PELE E SEMENTES, PICADOS)
3 CUBOS DE CALDO DE CARNE ★ AZEITE DE OLIVA VIRGEM
3 DENTES DE ALHO PICADOS FINAMENTE ★ 1 CEBOLA MÉDIA RALADA
1 TALO DE SALSÃO ★ 1 PIMENTA DEDO-DE-MOÇA, SEM SEMENTES
3 COLHERES (SOPA) DE VINHO MARSALA ★ SAL E PIMENTA-DO-REINO

PARA O ARROZ DE ALHO

Alho cortado em lâminas e picado

Azeite de oliva virgem

Arroz pronto

Salsinha picada

CORTE AS LÍNGUAS EM FATIAS ALONGADAS. REFOGUE AS FATIAS DE LÍNGUA COM CEBOLA E ALHO. DEPOIS DE REFOGADAS, O PURÊ DE TOMATE

Numa caçarola, doure o alho no azeite e junte a cebola e o salsão. Quando dourar, adicione as fatias de língua e refogue-as. Despeje na panela o vinho branco restante e deixe evaporar. Adicione o purê de tomate, os dois cubos de caldo restantes, louro e o salsão. Cozinhe em fogo baixo, com a panela tampada, até que o molho encorpe. Pouco antes do final do cozimento, adicione o vinho marsala e ajuste o sal e a pimenta-do-reino.

Prepare o arroz de alho: doure o alho no azeite, acrescente o arroz pronto e a salsinha picada e misture bem. Sirva a língua bem quente, com purê de batatas e arroz de alho.

CARNES

Linguiça caipira, feijão-branco e sálvia

BACON PICADO FRITO COM ALHO

Este é um prato típico da "cucina povera" toscana. É importante que a linguiça seja aquela caseira, caipira, feita com a carne dianteira do porco e moída grosseiramente com outros temperos. Pode ser encontrada em feiras livres, em mercados municipais ou similares.

Cozinhe o feijão em uma panela com bastante água, mais as fatias de bacon, sal, folhas de louro e de sálvia. Quando o feijão estiver cozido, mas ainda al dente, tire do fogo e reserve com o caldo da própria fervura.

Em outra panela, doure no óleo o alho picado. Pique o bacon que foi cozido com o feijão. Acrescente as linguiças e frite-as ligeiramente de todos os lados, de maneira que fiquem douradas por igual.

LINGUIÇAS DOURANDO NO REFOGADO

INGREDIENTES

FEIJÃO-BRANCO NOVO ✶ BACON CORTADO EM FATIAS GROSSAS ✶ SAL
FOLHAS DE LOURO ✶ FOLHAS DE SÁLVIA ✶ ÓLEO
3 DENTES DE ALHO PICADOS
LINGUIÇAS DE CARNE DE PORCO CASEIRAS OU "CAIPIRAS"
TOMATES, SEM PELE E SEMENTES, PICADOS
PIMENTA DEDO-DE-MOÇA, SEM SEMENTES, PICADA
CALDO DE LEGUMES ✶ PIMENTA-DO-REINO

O FEIJÃO, TEMPERADO COM FOLHAS DE LOURO E SÁLVIA, COMPLETA O COZIMENTO COM AS LINGUIÇAS FRITAS

COM OS TEMPEROS FINAIS, O FEIJÃO CHEGA AO PONTO CERTO E O CALDO GANHA CONSISTÊNCIA E SABOR

Junte algumas folhas de sálvia picadas, para acentuar o sabor. Misture tudo muito bem, acrescente o tomate e a pimenta dedo-de-moça.

Junte o feijão, misture tudo novamente, cubra com o caldo de legumes e tampe a panela. Cozinhe em fogo baixo até que o caldo do feijão tome consistência e as linguiças estejam completamente cozidas. Acerte o sal e a pimenta. Leve à mesa de preferência na mesma panela em que foi preparado.

INGREDIENTES

LOMBO DE PORCO ✶ SUCO DE 2 LIMÕES
SAL E PIMENTA-DO-REINO
CEBOLA CORTADA EM RODELAS BEM FINAS
CRAVOS-DA-ÍNDIA ✶ FOLHAS DE LOURO
SALSINHA ✶ RAMOS DE ALECRIM
ÓLEO PARA FRITURA ✶ CALDO DE CARNE
BATATAS DESCASCADAS E CORTADAS EM CRUZ

CARNES

Lombo de panela com molho ferrugem

O LOMBO É SELADO, RECEBE DE VOLTA OS TEMPEROS DA MARINADA E COZINHA LENTAMENTE COM CALDO DE CARNE. NA FASE FINAL DA COCÇÃO, ENTRAM AS BATATAS DESCASCADAS E CORTADAS

Na véspera, tempere bem o lombo com suco de limão, sal, pimenta e cebola. Espete alguns cravos-da-índia nos quatro lados da peça de carne, cubra com as ervas restantes e, com um garfo, faça várias perfurações em toda a peça, para o tempero penetrar. Coloque num recipiente e vede com filme plástico. Deixe na geladeira até o dia seguinte. Retire o lombo dos temperos, remova todos os resíduos de cebola e ervas, coe e reserve o líquido da marinada. Numa panela, doure a carne no óleo de todos os lados, selando a superfície por igual, de modo a reter o suco. Aos poucos, o suco da carne formará, no fundo da panela, uma camada escura caramelizada. Despeje na panela o caldo coado e raspe bem o fundo com uma colher de pau. Adicione caldo de carne suficiente para quase cobrir a peça de lombo. Junte uma folha de louro, tampe a panela e deixe cozinhando em fogo baixo.

Depois de 30 minutos, adicione as batatas para que fiquem totalmente imersas no caldo. Quando estiverem macias e com a cor de ferrugem, retire-as e reserve. Mantenha na panela por mais alguns minutos o lombo imerso em seu molho até que este reduza de maneira a ficar ligeiramente espesso. Coloque de volta as batatas. Sirva com arroz branco e farofa de ovo.

INGREDIENTES

CEBOLA ✴ ALECRIM ✴ VINHO BRANCO
OSSOBUCO DE VITELA ✴ SAL E PIMENTA-DO-REINO
FARINHA DE TRIGO ✴ AZEITE DE OLIVA
CENOURA RALADA ✴ TALOS DE SALSÃO PICADO
PASSATA DE TOMATE ✴ CALDO DE CARNE

CARNES

Ossobuco de vitela

ENFARINHADOS PARA FRITAR

Prepare a vinha d'alhos com o alho e a cebola picados grosseiramente, o alecrim, o vinho branco, sal e pimenta. Deixe o ossobuco marinando na vinha d'alhos no mínimo por 12 horas, na geladeira.

Depois seque os pedaços de ossobuco e passe-os pela farinha de trigo.
Doure a carne enfarinhada no azeite e refogue junto as cebolas picadas, sempre em fogo brando. Tome muito cuidado ao mover

cada peça de ossobuco para que o tutano não se solte dos ossos. Quando as cebolas do refogado estiverem transparentes, adicione os outros legumes da vinha d'alhos, a cenoura ralada, o salsão picado e a passata de tomates.

As etapas do refogado de carne, cebolas e legumes

O OSSOBUCO COZINHA LENTAMENTE MERGULHADO NO MOLHO

Siga mexendo suavemente o refogado em fogo baixo para que os ingredientes se mesclem perfeitamente.
Cubra o conteúdo da caçarola com o caldo de carne e misture tudo mais uma vez. Tampe a panela e deixe cozinhando em fogo baixo para que o molho reduza até ficar espesso e homogêneo. Quando a carne ao redor dos ossos estiver macia, retire e sirva acompanhada de polenta.

CARNES

Porchetta

Linguiça calabresa sem a pele

Condimentos moídos e picados

Na véspera, tempere os cubos de pernil com limão, sal, pimenta--do-reino, alho, vinagre, salsinha, pimenta dedo-de-moça (reserve um pouco para o tempero da leitoa) e vinho branco. Deixe marinando na geladeira.

Tire a pele da linguiça calabresa e reserve. Pique o alecrim, o louro e o alho. Moa no almofariz os grãos de pimenta. Moa o sal grosso e os cravos. Coloque tudo numa vasilha, adicione as sementes de erva-doce, a pimenta dedo-de-moça picada, suco de limão, vinho branco, vinagre e azeite. Misture bem, obtendo assim o tempero-base. Sobre uma superfície de trabalho muito limpa, plana e lisa, coloque a leitoa desossada

INGREDIENTES

CUBOS DE CARNE DE PERNIL DE PORCO ✱ SUCO DE 2 LIMÕES ✱ SAL
PIMENTA-DO-REINO MOÍDA GROSSEIRAMENTE ✱ SALSINHA PICADA
ALHO CORTADO EM LÂMINAS E PICADO FINAMENTE ✱ VINHO BRANCO
VINAGRE DE VINHO BRANCO ✱ ALECRIM, MUITO ALECRIM
PIMENTA DEDO-DE-MOÇA, SEM SEMENTES, PICADA
LINGUIÇA CALABRESA TEMPERADA COM ERVA-DOCE
FOLHAS DE LOURO ✱ ALHO ✱ MESCLA DE PIMENTAS EM GRÃOS
SAL GROSSO ✱ CRAVOS-DA-ÍNDIA ✱ SEMENTES DE ERVA-DOCE
AZEITE DE OLIVA VIRGEM ✱ PANCETTA FATIADA
1 LEITOA INTEIRA, ABERTA "EM BORBOLETA" (ABRA SEM CORTAR POR
COMPLETO), LIMPA E DESOSSADA ✱ MANTEIGA
BARBANTE DE ALGODÃO CRU PARA AMARRAR A LEITOA

A LEITOA ABERTA "EM BORBOLETA", COBERTA COM O TEMPERO-BASE SOBRE O QUAL SE ESPALHAM AS FATIAS DE PANCETTA

CUBOS DE PERNIL NO CENTRO

POR FIM, LINGUIÇA E MUITO ALECRIM

> "...La porca co un bosco de rosmarino in de la panza..."
>
> Assim o escritor Carlo Emilio Gadda (1893-1973) descreveu a porchetta, prato de origem incerta e milenar, típico do centro da Itália. Os habitantes de Ariccia, no Lazio, reivindicam a paternidade da receita, enquanto na Umbria juram que o prato nasceu em Norcia (cidade do imortal Brancaleone). É encontrada por toda a Itália e, graças aos vendedores ambulantes, servida fatiada em opulentos sanduíches acompanhados de um copo de vinho, sempre no entorno de qualquer aglomeração ou evento público: jogos de futebol, feiras, festas populares, comícios, comemorações, etc.

e aberta "em borboleta" (sem separar as duas partes) e espalhe fartamente o tempero-base por toda a superfície interna. Sobre o tempero-base, coloque uma camada de pancetta fatiada, ocupando toda a superfície. Sobre a camada de pancetta, coloque os cubos de pernil já temperados. Procure distribuí-los mais pelo centro da leitoa, preservando as abas laterais, que serão posteriormente enroladas.

Completando o recheio e tomando cuidado com as abas, espalhe a carne da linguiça calabresa. Enrole com cuidado a leitoa, comprimindo bem o recheio. Certifique-se de que o lombo da leitoa está no centro da peça cilíndrica. Amarre com o barbante primeiramente o centro do cilindro e em seguida a extremidade traseira, apertando bem os laços. Com os dedos, recoloque para dentro

Recheada, enrolada, amarrada

Esfriada em temperatura ambiente, saboreada fria ou na forma clássica do lendário sanduíche

o recheio que escapar e amarre bem toda a peça com o barbante em aros com aproximadamente 3 cm de distância uns dos outros. Quanto obtiver um cilindro compacto, corte os nós do barbante excedente. Esfregue sal e pimenta na parte externa da leitoa, besunte com manteiga, coloque numa assadeira e cubra com um fio de azeite.
Cubra a leitoa cuidadosamente com papel-alumínio e asse em temperatura média (180 °C) por aproximadamente cinco horas (ou uma hora por quilo). Mantenha o fundo da assadeira coberto com líquido durante todo o tempo de cocção. O líquido pode ser a mistura de vinho branco com o restante da vinha d'alhos do tempero-base ou apenas caldo ralo de carne. Vire a leitoa na assadeira cada uma hora, para que asse por igual. Na última meia hora, retire o papel-alumínio e aumente a temperatura do forno para que a peça fique dourada. Retire da assadeira e deixe esfriar em temperatura ambiente. Enrole bem com papel-alumínio e leve ao refrigerador. No dia seguinte, corte em fatias e sirva fria com polenta mole quente, como na foto principal, ou, se preferir, na versão "comida de rua", em vistosos sanduíches.

INGREDIENTES

1 RABO SECCIONADO NAS JUNTAS ★ 1 FOLHA DE LOURO
1 DENTE DE ALHO INTEIRO ★ ÓLEO VEGETAL
1 DENTE DE ALHO PICADO ★ 1 CEBOLA RALADA
1 XÍCARA DE VINHO TINTO ★ SAL E PIMENTA-DO-REINO
1 PIMENTA DEDO-DE-MOÇA, SEM SEMENTES, PICADA
POLPA DE TOMATE ★ CALDO DE CARNE ★ 1 MAÇO DE AGRIÃO

CARNES

Rabada com polenta

REFOGADOS, OS PEDAÇOS DE CARNE COZINHAM NO MOLHO

Na panela de pressão, cozinhe os pedaços de rabo juntamente com o louro e o alho inteiro. Depois de cozidos, passe na peneira e refogue-os no óleo, dourando-os ligeiramente com o alho picado e a cebola ralada. Junte o vinho e deixe reduzir. Acerte o sal e a pimenta-do-reino, acrescente a pimenta dedo-de-moça e a polpa de tomate. Adicione caldo de carne suficiente para cobrir a carne. Cozinhe em fogo baixo, com a panela tampada, até que a carne esteja macia e comece a se separar dos ossos. Desligue o fogo, coloque o agrião, previamente limpo, e abafe, tampando a panela. Sirva com polenta.

CARNES

Rosbife com salada de batatas

A PEÇA DE CARNE SEM APARAS E COMPACTADA COM BARBANTE

PREPARE O ROSBIFE: limpe a peça de contrafilé retirando as aparas e conservando apenas o centro. Tempere com sal grosso e um pouco da mescla de pimentas. Amarre firmemente a carne com o barbante, mantendo a forma cilíndrica e compacta.
Numa panela (melhor se for de ferro ou alumínio espesso), frite cuidadosamente a carne em muito pouco óleo, virando-a

Sumida das "melhores mesas", a combinação de rosbife com salada de batatas foi prato obrigatório em verões tórridos de tempos atrás. Teriam as "melhores mesas" se rendido, primeiramente, aos carpaccios italianos e, depois, aos cortes de peixes crus da cozinha japonesa? A salada de batatas, esta, sim, resistiu estoica e gloriosamente nos bufês dos restaurantes "por quilo" e nas churrascarias-rodízio à beira das rodovias. Há quem jure que ali estão as mais saborosas versões dessa imbatível salada.

INGREDIENTES

PARA O ROSBIFE: CORTE DA PARTE CENTRAL DO CONTRAFILÉ
SAL GROSSO ★ MESCLA DE PIMENTAS MOÍDAS NA HORA
BARBANTE DE ALGODÃO CRU PARA AMARRAR A CARNE ★ ÓLEO

PARA A SALADA: BATATAS DESCASCADAS E CORTADAS ★ 1 CUBO DE
CALDO DE GALINHA ★ 2 GEMAS COZIDAS ★ AZEITE DE OLIVA VIRGEM
MAIONESE INDUSTRIALIZADA NA VERSÃO CLÁSSICA
1 COLHER (CAFÉ) DE MOSTARDA DE DIJON
SALSINHA PICADA FINAMENTE ★ SAL

A CARNE É FRITA EM POUCO ÓLEO E ESFRIA EM TEMPERATURA AMBIENTE

apenas depois de se certificar de que cada um dos lados (são seis, não esqueça) está no ponto desejado. O bom rosbife tem de ser dourado por fora e ostentar no centro a cor rosada, a chamada cor de lingerie. Depois de frita, retire a carne e deixe-a esfriando em temperatura ambiente antes de levá-la à geladeira, onde permanecerá até o dia seguinte.

> **TEM COISA MELHOR?**
> A visão do paraíso: fatias finas de rosbife frio num pãozinho francês crocante e ainda morno de tão fresco, lambuzado de boa manteiga, gotas de molho inglês (o verdadeiro), depois o sanduíche cortado em cruz e, para acompanhar, o copo de cerveja gelada ao cair da tarde.

PREPARE A SALADA: leve as batatas para cozinhar em água abundante com um cubo de caldo de galinha. Quando as batatas estiverem prontas, escorra-as e deixe-as esfriar em temperatura ambiente. Enquanto as batatas esfriam, tire o rosbife da geladeira. Num almofariz, tigela ou mesmo no liquidificador, misture e bata as gemas cozidas com um fio contínuo

PARA DAR MAIS SABOR, AS BATATAS SÃO COZIDAS EM ÁGUA COM CALDO DE GALINHA. AS GEMAS COZIDAS SÃO AMASSADAS E MISTURADAS, NO ALMOFARIZ OU LIQUIDIFICADOR, COM AZEITE NUM FIO CONTÍNUO

EM SEGUIDA, MAIONESE INDUSTRIALIZADA E MOSTARDA SE MISTURAM À PASTA DE GEMAS. É SÓ MEXER PARA MESCLAR BEM A PASTA, POLVILHAR COM SALSINHA PICADA E A SALADA ESTARÁ PRONTA PARA SERVIR

de azeite, até obter uma pasta espessa e homogênea. Junte a maionese e a mostarda e continue misturando, até chegar ao ponto desejado. Use mais azeite se necessário. Adicione a salsinha picada finamente. Coloque as batatas cozidas e frias numa travessa, misture com a maionese e prove o sal. Corte fatias do rosbife, arrume numa travessa e sirva.

INGREDIENTES

5 OU 6 FATIAS FINAS DE VITELA POR PESSOA
O MESMO NÚMERO, E EM TAMANHO APROXIMADO, DE FATIAS
DE PRESUNTO CRU OU COZIDO
FOLHAS DE SÁLVIA ★ FARINHA DE TRIGO ★ MANTEIGA
VINHO MARSALA ★ SAL ★ PIMENTA-DO-REINO MOÍDA NA HORA

CARNES

Saltimbocca

SOBRE CADA FATIA DE VITELA, PRESUNTO E FOLHA DE SÁLVIA. A FATIA É ENROLADA E PRESA COM PALITO

OS ROLINHOS SÃO PASSADOS NA FARINHA DE TRIGO, FRITOS NA MANTEIGA E COZIDOS NO VINHO MARSALA

Bata as fatias de vitela até ficarem macias e finas. Tempere-as com pouco sal e pimenta. Sobre cada uma, coloque uma fatia de presunto e uma folha de sálvia. Enrole cuidadosamente e feche cada rolinho com um palito. Passe ligeiramente cada rolinho na farinha de trigo e doure-os na manteiga, em fogo baixo, até que estejam dourados de todos os lados. Junte um copo de marsala (ou vinho branco seco), deixe ferver por um minuto, tampe a panela e cozinhe em fogo baixo até que a carne esteja bem macia: 10 ou 15 minutos são suficientes. Sirva com batatas assadas no forno ou risoto.

CARNES

Strogonoff de buate

Assim mesmo: "buate" e não "boate", corruptela do francês "boîte". Nome apaulistanado do prato que era servido altas horas da madrugada nos nightclubs da cidade, em voga nos anos 60 e 70.

RETIRADO O EXCESSO DE ÁGUA, COGUMELOS DOURAM NA MANTEIGA

Refogue os cogumelos primeiramente na frigideira em fogo baixo apenas com sal, de modo que soltem a água e fiquem macios. Junte a manteiga e o alho picado, refogando até que fiquem dourados. Reserve.

Tempere os cubos de carne com sal, pimenta e molho inglês. Refogue até que comecem a dourar e junte a cebola ralada. Acrescente os cogumelos, acerte o sal e a pimenta-do-reino e flambe com o conhaque.

INGREDIENTES

COGUMELOS-DE-PARIS FRESCOS ✶ MANTEIGA ✶ ALHO PICADO
FILÉ-MIGNON CORTADO EM CUBOS DE CERCA DE 3 CM DE LADO
SAL E PIMENTA-DO-REINO ✶ MOLHO INGLÊS
CEBOLA MÉDIA RALADA ✶ 3 COLHERES (SOPA) DE CONHAQUE
1 XÍCARA DE KETCHUP ✶ CALDO DE CARNE
BATATAS DESCASCADAS ✶ ÓLEO PARA FRITURA
1 XÍCARA DE CREME DE LEITE FRESCO

Pimenta e molho inglês nos cubos de carne, só sal nos cogumelos

A carne é refogada no óleo até começar a dourar

CEBOLA RALADA E COGUMELOS SE JUNTAM À CARNE. DEPOIS, O KETCHUP

O CALDO DE CARNE AJUDA A COZINHAR LENTAMENTE E A FORMAR MOLHO. PARA FINALIZAR, CREME DE LEITE

Adicione o ketchup e cubra com o caldo de carne. Cozinhe em fogo brando até encorpar. Passe as batatas no processador para obter o formato de batata palha ou simplesmente use o lado mais grosso do ralador de queijo. Lave as batatas muito bem, em muitas águas, escorra e seque sobre um pano. Frite em óleo abundante.
Quando o molho da carne encorpar, acrescente o creme de leite, mexa bem e sirva com a batata palha e arroz.

CARNES

Costela bovina desfiada, refogada na manteiga de garrafa

Manteiga de garrafa é um tipo de manteiga que se mantém líquida em temperatura ambiente. É obtida pelo cozimento do creme de leite em várias etapas, até que se evapore toda a água e restem apenas a gordura e as partículas sólidas da nata.
Como o nome bem diz, é comercializada em frascos. É ingrediente essencial da culinária nordestina.

Tempere a costela com sal grosso e folhas de alecrim. Leve ao forno por quatro horas, na temperatura de 100 °C, embrulhada em papel-alumínio. Retire do forno, deixe esfriar e desfie manualmente a carne. Corte as cebolas em cruz, pique o alho e corte o alho-poró em rodelas.

INGREDIENTES

COSTELA BOVINA COM OU SEM OSSO * SAL GROSSO
ALECRIM * CEBOLA * ALHO * ALHO-PORÓ
MANTEIGA DE GARRAFA * SAL
PIMENTA DEDO-DE-MOÇA SEM SEMENTES, PICADA
VINAGRE DE VINHO BRANCO * MANDIOCA AMARELA COZIDA
RAMO DE SALSINHA PICADA

ALHO-PORÓ, ALHO E CEBOLA REFOGAM NA MANTEIGA DE GARRAFA

Coloque numa caçarola a cebola, o alho e o alho-poró e leve para refogar na manteiga de garrafa, até que fiquem transparentes.

Acerte o sal e adicione a pimenta dedo-de-moça picada. Acrescente a carne desfiada para refogar com os temperos e deixe até

A COSTELA SE JUNTA AO SABOROSO REFOGADO

que doure. Adicione 1 colher (sopa) de vinagre de vinho branco para que fique crocante.
À parte, frite em óleo abundante a mandioca cozida. Passe a costela para uma travessa e polvilhe com salsinha picada. Sirva acompanhada da mandioca e de farofa.

Massas

204
FETTUCCINE COM CAMARÃO,
TOMATE-CEREJA E FOLHAS DE RÚCULA

209
LASANHA AO FORNO

213
MOLHO PUTTANESCA

214
NHOQUES COM FRANGO

221
ORECCHIETTE BARESI

225
MOLHO DE SALMÃO DEFUMADO

226
PASTA AL NERO DI SEPPIA
COM LULAS E CAMARÕES

231
PASTA ALLA NORMA

234
PESTO GENOVÊS

238
RAVIÓLIS DE VITELA COM TOMATES FRESCOS,
MOZARELA E MANJERICÃO

241
RIGATONES AO MOLHO DE GORGONZOLA

243
RIGATONI ALL'ARRABBIATA

244
SPAGHETTI ALL'AMATRICIANA

249
FETTUCCINE À MODA DO GERA

251
SPAGHETTI ALLE VONGOLI

254
TAGLIATELLE ALLA CARBONARA

258
MOLHO AO RAGU

261
TAGLIATELLE COM
MOLHO FRIO DE TOMATES CRUS

263
RAVIÓLIS AO MOLHO DE RÚCULA

266
TAGLIATELLE VERDE
COM MOLHO DE ATUM

MASSAS

Fettuccine com camarão, tomate-cereja e folhas de rúcula

TOMATES NA LONGITUDINAL

FOLHAS DE RÚCULA EM TIRAS

Tempere os camarões previamente limpos com suco de limão, sal e pimenta-do-reino. Reserve. Corte os tomates-cereja pela metade, na longitudinal, e tempere-os com sal e orégano fresco. Limpe, lave e seque as folhas de rúcula. Tire os talos das folhas e corte-as em tiras na mesma largura do fettuccine. Leve uma caçarola ao fogo, derreta a manteiga e nela doure o alho picado. Escorra os camarões do tempero e acrescente-os ao refogado.

> Os fettuccine são parte da tradição gastronômica romana, preparados de infinitas maneiras e misturados aos mais variados ingredientes. É uma cozinha de origens populares, fincada na simplicidade. Fettuccine é massa sempre presente, em casa ou no restaurante.

INGREDIENTES

CAMARÕES MÉDIOS JÁ LIMPOS ★ SUCO DE LIMÃO
SAL E PIMENTA-DO-REINO A GOSTO ★ TOMATES-CEREJA
ORÉGANO FRESCO ★ 1 MAÇO DE RÚCULA
MANTEIGA ★ 1 DENTE DE ALHO PICADO MIÚDO
PIMENTA DEDO-DE-MOÇA, SEM SEMENTES, PICADA
FETTUCCINE ★ AZEITE DE OLIVA VIRGEM

Os camarões douram com o alho e a manteiga

As metades de tomate-cereja no refogado de camarões

A MASSA COZIDA É MISTURADA COM OS TOMATES, OS CAMARÕES E AS TIRAS DE RÚCULA

Quando o camarão estiver no ponto, acrescente os tomates--cereja cortados e a pimenta dedo-de-moça picada e misture bem. Quando os tomatinhos começarem a murchar, adicione o fettuccine cozido à parte,

em água abundante com sal. Misture tudo novamente, acerte o sal e a pimenta. Para finalizar, junte as folhas de rúcula em tiras e misture tudo mais uma vez. Regue com um fio de azeite e sirva.

INGREDIENTES

PARA O MOLHO BECHAMEL: LEITE ★ 1 DENTE DE ALHO PICADO ★ 2 CEBOLAS (BRANCA E ROXA) ★ 1 TALO DE SALSÃO ★ MANTEIGA ★ 1 CENOURA CORTADA EM RODELAS ★ FOLHAS DE LOURO ★ SAL ★ RAMOS DE SALSINHA ★ FOLHAS DE SÁLVIA ★ ORÉGANO FRESCO ★ FARINHA DE TRIGO ★ PIMENTA-DO-REINO ★ NOZ-MOSCADA RALADA ★ MASSA CASEIRA FRESCA

PARA A MONTAGEM: MOLHO AO RAGU *(PÁGINA 258)* ★ PRESUNTO COZIDO FATIADO ★ QUEIJO MOZARELA E PARMESÃO RALADOS GROSSEIRAMENTE

MASSAS

Lasanha ao forno

Antes de Cristo já se fazia lasanha. O prato virou hábito dominical que começava a ser feito no sábado pela nonna. Hoje compram-se molhos e massa prontos.

pimenta-do-reino e acrescente um pouco de noz-moscada ralada. Quando obtiver uma espécie de mingau espesso, desligue o fogo e deixe esfriar.

PREPARE A MASSA: leve as lâminas de massa caseira para cozinhar em água abundante com sal. Quando estiverem al dente, retire, escorra rapidamente, lave em água corrente fria e despeje numa assadeira de modo que fiquem semicobertas pela água para não grudar umas nas outras e facilitar o manuseio.

PREPARE O MOLHO BECHAMEL: numa panela, coloque o leite e junte o alho, as cebolas, o salsão, a cenoura e as ervas.
Em outra panela, derreta a manteiga e adicione a farinha, misturando bem até que resulte numa pasta de cor dourada. Coe o leite aromatizado e despeje-o na panela, aos poucos, mexendo sempre para a farinha não encaroçar. Acerte o sal e a

O LEITE AROMATIZADO COM ALHO, CEBOLA, SALSÃO, CENOURA E ERVAS

Manteiga, farinha e leite, a base do bechamel. A massa deve ser mantida úmida, semi-imersa em água fria. Para facilitar a montagem, deixe os ingredientes à mão

Na travessa, camadas alternadas de massa e molho, presunto e mozarela. Sobre a última camada, um pouco de tudo, e a lasanha está pronta para ir ao forno

MONTAGEM: deixe os ingredientes à mão. Use um pano limpo para secar as lâminas de massa. Numa travessa refratária ou forma metálica, comece espalhando sobre o fundo uma camada de molho ao ragu (veja como preparar o molho ao ragu na página 258). Sobre ele, coloque as fatias rasgadas de presunto. Cubra com uma camada de mozarela ralada.

Sobre a primeira camada, coloque a massa cozida, cobrindo toda a área. Sobre a massa, nova camada de molho ao ragu e, sobre ela, o molho bechamel, novamente o presunto e a mozarela. Siga alternando as camadas de massa, ragu, bechamel, presunto e mozarela. Na última camada, espalhe sobre a superfície o molho

ao ragu, as fatias rasgadas de presunto e o molho bechamel até obter uma mistura de cor rosada. Sobre essa camada, coloque a mozarela ralada. Para finalizar, polvilhe com queijo parmesão ralado grosseiramente. Cubra a travessa com papel-alumínio e leve ao forno por 15 minutos. Retire o papel e deixe gratinar. Sirva ainda quente.

INGREDIENTES

AZEITE DE OLIVA VIRGEM ★ MANTEIGA
1 ALHO PICADO EM LÂMINAS BEM FINAS
ALCAPARRAS ★ AZEITONAS PRETAS CORTADAS EM RODELAS
FILÉS DE ANCHOVA ★ 5 TOMATES MADUROS, SEM PELE E SEMENTES
1 COLHER (CAFÉ) DE PIMENTA DEDO-DE-MOÇA PICADA
PIMENTA-DO-REINO MOÍDA NA HORA ★ SALSINHA PICADA
MESCLA DE QUEIJOS PECORINO E PARMESÃO RALADOS

MASSAS

Molho puttanesca

UM SUPER-REFOGADO DE ALHO, ALCAPARRAS, FILÉS DE ANCHOVA, TOMATE E PIMENTA DEDO-DE-MOÇA

> Discute-se tudo: o molho seria de origem romana, napolitana ou genovesa? O nome foi dado porque podia ser saboreado rapidamente pelas senhoras de vida alegre ou para atrair a freguesia? Unanimidade mesmo só nos aplausos para seu sabor tão marcante.

Numa frigideira, coloque azeite e manteiga e doure o alho picado. Junte as alcaparras, as azeitonas e os filés de anchova amassados com o garfo e deixe refogar por quatro minutos. Acrescente a pimenta dedo-de-moça picada, três tomates picados e vá mexendo sempre, em fogo baixo, até que formem um molho espesso. Cozinhe a massa em água abundante com sal. Enquanto isso, junte ao molho os dois tomates restantes, rasgados em pedaços manualmente, e tempere com sal e pimenta-do-reino. Deixe que amoleçam no molho, adicione a salsinha picada, misture tudo e derrame sobre a massa escorrida. Cubra com a mistura de queijos ralados e sirva.

MASSAS

Nhoques com frango

Estrela principal nos almoços dominicais alegres e ruidosos das famílias paulistanas ou como prato do dia, sempre encontrado às quintas-feiras nos restaurantes populares da cidade.

BATATAS COZIDAS NA ÁGUA COM SAL, ERVAS E CALDO DE GALINHA

PREPARE OS NHOQUES: descasque e corte as batatas em cruz. Leve para cozinhar em água salgada fervente com o alecrim e o louro. Junte o cubo de caldo de galinha na água de cocção. Quando estiverem prontas, escorra e deixe amornar.

Passe as batatas cozidas pelo espremedor e deixe esfriar completamente. Junte a noz-moscada, o queijo parmesão, a farinha de trigo e a gema. Misture bem. Sobre uma pedra ou superfície lisa, trabalhe a massa até obter a consistência desejada. Molde com as mãos uma esfera e deixe a massa descansar por 20 minutos. Depois disso, divida a massa em quatro partes e faça uma bola com cada uma. Sobre a pedra enfarinhada,

INGREDIENTES

PARA OS NHOQUES: BATATAS ★ 1 RAMO DE ALECRIM
FOLHAS DE LOURO ★ 1 CUBO DE CALDO DE GALINHA
NOZ-MOSCADA RALADA ★ QUEIJO PARMESÃO RALADO
FARINHA DE TRIGO ★ 1 GEMA DE OVO

PARA O FRANGO: COXAS E SOBRECOXAS DE FRANGO
SAL E PIMENTA-DO-REINO A GOSTO ★ VINAGRE ★ ÓLEO
DENTES DE ALHO PICADOS FINAMENTE ★ 1 CEBOLA PEQUENA RALADA
PASSATA DE TOMATES ★ 1 CUBO DE CALDO DE GALINHA
1/2 PIMENTA DEDO-DE-MOÇA, SEM SEMENTES, PICADA

Cozidas e espremidas, as batatas esfriam em temperatura ambiente. Adicione a gema e demais ingredientes

Depois de descansar, a esfera feita com as mãos é dividida em quatro bolas, moldadas em cilindros

Os nhoques cortados e a "taubinha" para fazer as ranhuras. Na falta dela, use um garfo

OS NHOQUES COM AS RANHURAS, QUE TÊM A FUNÇÃO DE RETER O MOLHO

abra cada esfera com a palma das mãos, de forma a obter um cilindro com aproximadamente 2 cm de diâmetro. Corte o cilindro em pedaços de 3 cm, enfarinhe novamente e deixe secar um pouco. Se você tiver uma "taubinha" para criar as ranhuras nos nhoques (na foto), ótimo. Caso contrário, use um garfo, pressionando e girando rapidamente com o polegar sobre cada um dos nhoques, de modo a obter as ranhuras. Na falta da "taubinha" e da paciência necessária para fazer as ranhuras, deixe os nhoques lisos, tal qual foram cortados.

PREPARE O FRANGO: tempere os pedaços de frango com sal, pimenta e vinagre. Deixe-os numa travessa pegando gosto por cerca de meia hora. Depois disso, doure os pedaços de frango em óleo abundante, escorra e reserve. Seque-os bem com papel toalha.
No óleo que ficou na panela, refogue o alho picado e a cebola ralada. Acrescente o frango frito, acerte o sal e a pimenta. Quando estiverem refogados, junte a passata de tomates e a pimenta dedo-de-moça. Adicione o cubo de caldo de galinha e complete o nível da panela com água, mantendo os pedaços de frango sempre semi-imersos em líquido. Deixe cozinhando em fogo baixo com a panela tampada.
Quando o molho reduzir e o frango estiver macio, com a carne prestes a desprender-se dos ossos, desligue o fogo. O molho está pronto.
Cozinhe os nhoques em água

Os pedaços de frango tomam gosto no tempero

O frango frito é escorrido e depois enxuto com papel toalha

abundante com sal e, à medida que forem subindo à superfície da fervura, retire-os com uma escumadeira e coloque-os na travessa de servir. Cubra-os com o molho, distribua os pedaços de

frango sobre a travessa e misture tudo muito bem. Para finalizar, coloque mais um pouco do molho e pedaços de frango sobre a massa na travessa, cubra com queijo parmesão ralado e sirva.

O FRANGO FRITO COZINHA IMERSO NO MOLHO DE TOMATES. NA TRAVESSA, NHOQUES E FRANGO COM MOLHO E PARMESÃO

INGREDIENTES

LINGUIÇA CALABRESA FRESCA ★ 1 MAÇO DE BRÓCOLIS
50 G DE MANTEIGA ★ AZEITE DE OLIVA VIRGEM
3 DENTES DE ALHO AMASSADOS E PICADOS MIÚDO
AZEITONAS PRETAS FATIADAS
SAL E MESCLA DE PIMENTAS MOÍDAS NA HORA
ORECCHIETTE (DE CECCO, DE PREFERÊNCIA)
QUEIJO PARMESÃO RALADO

MASSAS

Orecchiette baresi

Retire a pele da linguiça e corte a carne do recheio em pedaços pequenos e uniformes. Cozinhe no vapor o maço de brócolis lavado e higienizado. Depois de cozido, pique metade e mantenha a outra metade com as flores à parte. Numa frigideira, frite na manteiga e no azeite os pedaços de carne da linguiça, até que fiquem dourados e crocantes. Reserve.

Os orecchiette (orelhinhas) são, em sua origem, uma pasta artesanal das regiões da Puglia e Basilicata, Itália. Na cidade de Bari, ainda hoje é comum ver nas ruas e feiras livres as "mammas" confeccionando a pasta — feita apenas com farinha de grão duro, água e sal — em seus tabuleiros, com as mãos hábeis e numa velocidade inacreditável. Orecchiette baresi não é o nome da receita, e sim o tipo de pasta, fácil de encontrar nos bons supermercados. De formato generoso, fabricados em moldes de bronze, os orecchiette são perfeitos para molhos espessos e até mesmo para saladas ou sopas. A receita apresentada aqui é apenas uma sugestão entre tantas outras possibilidades. O inverso também vale para o molho que acompanha esta receita, pois vai muito bem com outros formatos: penne rigatte, parafuso, etc.

Brócolis cozidos no vapor, azeitona em rodelas, alho amassado e a carne da linguiça picada

OS PEDAÇOS DE LINGUIÇA SÃO TIRADOS DA PELE E FRITOS ATÉ FICAREM CROCANTES

BRÓCOLIS REFOGADOS COM ALHO E AZEITONAS MISTURAM-SE COM A PASTA COZIDA EM ÁGUA ABUNDANTE COM SAL.

Em outra frigideira, doure o alho na manteiga, junte os brócolis picados e as azeitonas fatiadas e refogue. Acerte o sal e a mescla de pimentas. Cozinhe os orecchiette em água abundante com sal. Escorra e adicione à frigideira onde estão os brócolis refogados. Misture bem. Acrescente cuidadosamente as flores de brócolis. Tire a frigideira do fogo e derrame um fio generoso de azeite sobre tudo. Para finalizar, junte os pedaços de linguiça fritos. Misture bem, cubra com uma colherada de queijo parmesão ralado e sirva.

INGREDIENTES

1 CEBOLA MÉDIA RALADA ★ 50 G DE MANTEIGA
100 G DE SALMÃO DEFUMADO CORTADO EM TIRAS FINAS
1/3 DE XÍCARA DE CONHAQUE
SAL E PIMENTA-DO-REINO MOÍDA NA HORA A GOSTO
150 G DE CREME DE LEITE FRESCO ★ 1/2 COLHER (CAFÉ) DE CAVIAR

MASSAS

Molho de salmão defumado

O REFOGADO DE SALMÃO, FLAMBADO COM CONHAQUE, SE MISTURA À MASSA E AO CREME DE LEITE

Numa frigideira funda, coloque a manteiga e a cebola. Refogue, em fogo baixo, até que a cebola fique transparente.
Junte ao refogado as tiras de salmão defumado. Acrescente o conhaque, flambe e, quando o álcool evaporar, acerte o sal e a pimenta-do-reino.
Cozinhe a massa em água abundante com sal, escorra e junte à frigideira onde está o refogado de salmão e cebola. Adicione o creme de leite e misture tudo com cuidado. Acrescente então o caviar, misture com delicadeza e sirva imediatamente.

225

MASSAS

Pasta al nero di seppia com lulas e camarões

OS ANÉIS DE LULA
REFOGADOS NO ALHO E AZEITE

Corte as lulas em anéis, tempere-os com suco de limão, sal e pimenta-do-reino e reserve. Numa caçarola, doure rapidamente as lâminas de alho no azeite. Junte os anéis de lula temperados e refogue bem.

A pasta al nero di seppia também pode ser feita em casa sem maiores complicações. Basta seguir a receita da massa caseira que está na página 254 e cortar como preferir. O ingrediente extra a ser colocado na masssa é a tinta de lula industrializada, seca e embalada em envelopes, que pode ser encontrada na seção de importados dos melhores supermercados.

INGREDIENTES

LULAS ★ SUCO DE LIMÃO ★ SAL E PIMENTA-DO-REINO
DENTE DE ALHO LAMINADO ★ AZEITE DE OLIVA VIRGEM
1 COLHER (SOPA) DE MANTEIGA ★ 1 XÍCARA DE VINHO BRANCO
CAMARÕES MÉDIOS ★ SALSINHA ★ 1 RAMO DE COENTRO
TOMATES, SEM PELE E SEMENTES, CORTADOS EM PEDAÇOS PEQUENOS
PIMENTA DEDO-DE-MOÇA, SEM SEMENTES, PICADA FINAMENTE
TAGLIATELLE OU FETTUCCINE COM TINTA DE LULA

Tomates picados se juntam aos anéis de lula cozinhando no vinho

Camarões, salsinha e coentro entram na etapa final do molho

A MASSA COM TINTA DE LULA, COZIDA AL DENTE, MISTURADA COM O MOLHO

Adicione a manteiga e deixe reduzir. Despeje o vinho branco e cozinhe lentamente, em fogo brando. Quando as lulas estiverem macias, acrescente o tomate e a pimenta dedo-de--moça, ajuste o sal e a pimenta moída e continue cozinhando, sempre em fogo baixo.
Quando o tomate estiver desmanchado no molho, adicione os camarões, a salsinha e o coentro.
À parte, cozinhe a massa em água abundante com sal, escorra e misture ao molho que está na caçarola. Misture bem, passe para uma travessa e sirva.

INGREDIENTES

2 BERINJELAS ★ 5 DENTES DE ALHO PICADOS
AZEITE DE OLIVA VIRGEM ★ TOMATES
PIMENTA DEDO-DE-MOÇA, SEM SEMENTES, PICADA
PANCETTA CORTADA EM PEDAÇOS PEQUENOS ★ ORÉGANO FRESCO
1 MAÇO DE MANJERICÃO ★ SAL E PIMENTA-DO-REINO MOÍDA NA HORA
RIGATONES OU QUALQUER OUTRA MASSA DE SUA PREFERÊNCIA
RICOTA DEFUMADA RALADA NO RALO GROSSO

MASSAS

Pasta alla Norma

CORTE UMA BERINJELA EM RODELAS, A OUTRA EM CUBOS

Corte uma berinjela em rodelas e a outra em pequenos cubos de 1,5 cm de lado. Polvilhe sal e coloque as rodelas e os cubos de berinjela numa travessa de louça, inclinada a 45 graus, para que o líquido amargo escorra. Mantenha assim por 30 minutos.

Numa frigideira, doure três dentes de alho picados no azeite.

REFOGUE A PANCETTA COM O ALHO

A BERINJELA DOURADA NO AZEITE PRÉ-AROMATIZADO

TOMATES SEM PELE E SEM SEMENTES PARA FAZER O MOLHO

> *Original da cidade de Catania, na Sicília, este prato é uma homenagem ao compositor siciliano Vincenzo Bellini (1801--1835). A Norma em questão é a heroína que dá título à mais famosa ópera do autor. Dizem os especialistas que a soprano Maria Callas foi a melhor intérprete de Norma em todos os tempos.*

Assim que dourarem, retire-os, pois já aromatizaram o azeite. Coloque a berinjela nesse mesmo azeite e deixe dourar de todos os lados. Escorra e reserve. Tire as sementes e a pele dos tomates e pique-os. Misture a eles a pimenta dedo-de-moça. Numa caçarola, refogue no azeite os pedaços de pancetta e junte os dois dentes de alho picados restantes. Refogue tudo em fogo baixo. Adicione o tomate picado à caçarola e misture bem. Acrescente o orégano fresco e deixe o molho cozinhar, ainda em fogo baixo. Junte as folhas de manjericão

O MOLHO DE TOMATES, AROMATIZADO COM MANJERICÃO E ORÉGANO

picadas (melhor se forem picadas com tesoura) e acerte o sal e a pimenta. Leve a massa para cozinhar em água abundante com sal, até atingir o ponto ideal de cocção.

Aqueça os pratos de servir. Em cada um deles, faça uma "cama" com as fatias de berinjela e cubra-a com a massa escorrida ainda quente. Despeje generosamente algumas

colheres do molho e, sobre ele, adicione a berinjela em cubos. Para finalizar, coloque a ricota defumada ralada, enfeite com uma bela folha de manjericão e sirva ainda quente.

MASSAS

Pesto genovês

Passe pelo processador de alimentos os dentes de alho e depois as castanhas-do-pará. Se preferir seguir à risca a receita tradicional, pique o alho e as castanhas e pile no almofariz.

ALHO E CASTANHAS
PASSADOS NO PROCESSADOR

Dizem os estudiosos de gastronomia genovesa que o verdadeiro "basilico", ou seja, o manjericão, só cresce na Liguria. Isso porque nada substitui o microclima de sol, sal, mar que favorece o crescimento da erva com perfume e gosto perfeitos. O nome "pesto" vem de "pestello", que, em português, seria a mão de pilão ou o socador do almofariz. Segundo o Consorzio del Pesto Genovese, o verdadeiro pesto é obrigatoriamente preparado no almofariz, macerando os ingredientes um a um, até obter a pasta perfumada e homogênea. O pesto original utiliza como ingrediente os pinoli – conhecidos por aqui como pinhões-do-líbano –, importados e de preço elevado. Castanhas-do-pará, além de mais acessíveis, são menos ácidas e têm textura, sabor e consistência bem próximos dos pinoli.

INGREDIENTES

DENTES DE ALHO ★ CASTANHAS-DO-PARÁ DESCASCADAS
RAMOS DE MANJERICÃO FRESCO ★ AZEITE DE OLIVA VIRGEM
MESCLA DE QUEIJOS PECORINO E PARMESÃO RALADOS
FLOR DE SAL

Depois de separadas, as folhas de manjericão são picadas com a mezzaluna

Desfolhe os ramos de manjericão e, com a mezzaluna, pique muito bem as folhas. Leve as folhas picadas ao almofariz, junte o alho e as castanhas já processados,

> Além do uso das castanhas-do-pará, o outro sacrilégio cometido aqui é o de passá-las antes, assim como os dentes de alho, pelo processador. No mais, é só seguir a norma, como se vê aqui.

misture um pouco de azeite e inicie a maceração. Vá moendo com o socador em movimentos circulares, fazendo leve pressão. Adicione aos poucos o azeite e junte a mescla de queijos. Com

O MANJERICÃO PICADO É COLOCADO NO ALMOFARIZ, ALÉM DO ALHO E DA CASTANHA-DO-PARÁ MOÍDOS

OS INGREDIENTES SÃO MACERADOS. AZEITE E QUEIJOS RALADOS COMPLETAM O MOLHO, SERVIDO SEMPRE FRIO

enorme paciência, misture e pile tudo muito bem. Ao obter uma pasta espessa, perfumada e homogênea, acrescente uma pitada de sal e cubra toda a mistura com azeite, vedando-a, para evitar a oxidação do manjericão moído.
Jamais aqueça o pesto diretamente no fogo. Sirva-o sempre em temperatura ambiente sobre massa cozida al dente, escorrida e ainda muito quente, ou como tempero em caldos e sopas. Conserve o pesto em temperatura ambiente, numa tigela de louça, sempre protegido pelo azeite.

MASSAS

Raviólis de vitela com tomates frescos, mozarela e manjericão

Um molho simples: alho picado dourado no azeite, mais tomates frescos, picados grosseiramente

Raviólis cozidos, escorridos e misturados aos tomates, mais lascas de mozarela e manjericão

Numa panela, refogue o alho no azeite. Quando começar a dourar, junte os tomates e refogue-os rapidamente. Acerte o sal e a pimenta e reserve. Cozinhe os raviólis em água abundante com sal. Quando estiverem no ponto adequado de cocção, escorra-os e misture-os aos tomates refogados no alho. Corte a mozarela em pedaços irregulares e misture à massa com tomates. Faça o mesmo com as folhas de manjericão, rasgadas grosseiramente com as mãos. Cubra com a mescla de queijos ralados. Sirva ainda quente, com a mozarela semiderretida.

INGREDIENTES

DENTES DE ALHO BEM PICADOS ★ AZEITE DE OLIVA VIRGEM
TOMATES FRESCOS, SEM PELE E SEMENTES, PICADOS GROSSEIRAMENTE
SAL ★ MESCLA DE PIMENTAS MOÍDAS NA HORA
MOZARELA DE BÚFALA FRESCA ★ RAVIÓLIS DE VITELA
MANJERICÃO DE FOLHAS GRANDES
MESCLA DE QUEIJOS PARMESÃO E PECORINO RALADOS

INGREDIENTES

MANTEIGA ★ QUEIJO GORGONZOLA ★ 1/2 XÍCARA DE VINHO BRANCO
NOZ-MOSCADA RALADA ★ RIGATONES
SAL E PIMENTA-DO-REINO MOÍDA NA HORA
1 XÍCARA DE CREME DE LEITE FRESCO, SEM O SORO
SALSINHA PICADA BEM MIÚDO
MESCLA DE QUEIJOS PARMESÃO E PECORINO RALADOS

MASSAS

Rigatones ao molho de gorgonzola

MANTEIGA E GORGONZOLA DERRETIDOS EM FOGO MUITO BAIXO, DEPOIS BEM MISTURADOS

NO MOLHO, VINHO, CREME DE LEITE E SALSINHA

Numa caçarola em fogo muito baixo, derreta a manteiga e o queijo gorgonzola cortados em pequenos pedaços, mexendo sempre para que não grudem no fundo, até que se forme um creme espesso. Junte ao creme obtido o vinho branco. Aumente o fogo e deixe ferver, para que o álcool evapore. Adicione um pouco de noz-moscada ralada à mistura.

Cozinhe os rigatones em água abundante com sal. Quando prontos, escorra-os e despeje-os na caçarola em que está o molho. Misture bem os rigatones com o molho. Acrescente o creme de leite fresco e a salsinha picada. Mexa tudo muito bem e cozinhe até que o molho adquira a espessura desejada. Ajuste o sal e a pimenta-do-
-reino. Sirva polvilhado com a mescla de queijos ralados.

INGREDIENTES

PIMENTA DEDO-DE-MOÇA ★ DENTES DE ALHO PICADOS
CEBOLA PEQUENA PICADA ★ FILÉS DE ALICHE
1/2 XÍCARA DE VINHO TINTO ★ TOMATES SEM PELE E SEM SEMENTES
RIGATONES ★ FOLHAS DE MANJERICÃO
MISTURA DE QUEIJOS PARMESÃO E PECORINO RALADOS

Rigatoni all'arrabbiata

PIMENTA SEM SEMENTES E PICADA TEMPERA O REFOGADO DE ALHO, CEBOLA E FILÉS DE ALICHE

O REFOGADO COMEÇA A APURAR, O VINHO TINTO E OS TOMATES COMPLETAM O MOLHO DOS RIGATONES

Abra a pimenta na longitudinal e retire cuidadosamente as sementes necessárias. Quanto mais sementes ficarem, mais picante será o molho.
Pique bem miúdo e reserve.
Numa caçarola em fogo baixo, refogue o alho até dourar. Acrescente a cebola, os filés de aliche e a pimenta. Não use sal, já temos o aliche.
Quando o refogado estiver começando a apurar, adicione o vinho, deixe reduzir e acrescente então o tomate. Misture bem.
Cozinhe os rigatones em água salgada abundante. Quando estiverem no ponto, escorra-os. Despeje a massa sobre a caçarola onde está o molho. Salpique com manjericão picado e misture tudo muito bem. Sirva polvilhado com a mistura de queijos parmesão e pecorino.

MASSAS

Spaghetti all'amatriciana

UMA RÁPIDA FERVURA NO BACON

Dê uma fervura no bacon para tirar o "peso". Escorra bem e leve-o para uma frigideira com apenas um fio de azeite. Deixe que cozinhe muito lentamente em fogo brando.

Quando o bacon estiver devidamente refogado na própria gordura, estará com a parte de gordura transparente. Despeje então na frigideira o vinho branco e deixe evaporar.

Tradicional prato da culinária italiana, o spaghetti all'amatriciana tem origem na pequena cidade de Amatrice, no Lazio, bem perto dos Abruzzo. A receita original prevê rigorosamente spaghetti e não bucatini, tanto é que os cartazes logo na entrada da cidade indicam claramente a seus visitantes: "Amatrice, Città degli spaghetti".
Com o tempo, a receita foi incorporada à cozinha romanesca, que acabou substituindo o spaghetti pelo bucatini.

INGREDIENTES

BACON CORTADO EM TIRAS OU PEQUENOS CUBOS
AZEITE DE OLIVA VIRGEM ★ VINHO BRANCO
SAL E MESCLA DE PIMENTAS MOÍDAS NA HORA
TOMATES MADUROS, SEM PELE E SEMENTES, PICADOS
PIMENTA DEDO-DE-MOÇA, SEM SEMENTES, PICADA
MESCLA DE QUEIJOS PARMESÃO E PECORINO RALADOS
SPAGHETTI

O BACON FRITA NA PRÓPRIA GORDURA. O VINHO BRANCO É COLOCADO NA FRIGIDEIRA E COZINHA ATÉ EVAPORAR

RETIRADO O BACON, O TOMATE VAI PARA A MESMA FRIGIDEIRA, APURA E SE MISTURA COM OS QUEIJOS RALADOS

O BACON VOLTA À FRIGIDEIRA E SE JUNTA AO MOLHO

Acerte o sal e tempere com a mescla de pimentas, Retire o bacon e reserve. Na mesma frigideira, para aproveitar o fundo de cocção da gordura eliminada pelo bacon, acrescente os tomates e a pimenta dedo-de-moça. Misture bem e deixe encorpar. Adicione a mescla de queijos ralados e continue mexendo. Quando o molho de tomate atingir a consistência desejada, retorne o bacon picado à frigideira e misture tudo novamente. Cozinhe o spaghetti em água abundante com sal. Quando estiver no ponto, escorra e misture ao molho na frigideira. Sirva bem quente.

INGREDIENTES

COGUMELOS-DE-PARIS FRESCOS
MANTEIGA ★ 2 DENTES DE ALHO PICADOS
SAL E PIMENTA-DO-REINO MOÍDA NA HORA
1 MAÇO DE RÚCULA ★ FATIAS DE PRESUNTO CRU TIPO PARMA
FETTUCCINE ★ AZEITE DE OLIVA VIRGEM
QUEIJO PARMESÃO RALADO

MASSAS

Fettuccine à moda do Gera

Corte os cogumelos em fatias finas, coloque-os numa panela e refogue na manteiga com o alho picado. Acerte o sal e a pimenta-do-reino e reserve.
À parte, corte as folhas de rúcula em tiras e separe. Corte as fatias de presunto em tiras finas, na longitudinal, e separe-as. Cozinhe a massa em água abundante com sal. Quando estiver al dente, escorra e despeje na panela onde estão os cogumelos refogados. Adicione as folhas de rúcula e o presunto, misturando muito bem.
Sirva com um fio de azeite e polvilhe queijo parmesão ralado.

Cogumelos fatiados e refogados na manteiga, o presunto cru cortado em tiras

As folhas de rúcula em tiras se mesclam com a massa e os cogumelos. O presunto entra no final

INGREDIENTES

3 KG DE VÔNGOLES FRESCOS, NA CASCA
2 DENTES DE ALHO ★ AZEITE DE OLIVA VIRGEM
4 TOMATES, SEM PELE E SEMENTES, PICADOS
1 PIMENTA DEDO-DE-MOÇA ★ SAL ★ SALSINHA PICADA
NOZ-MOSCADA RALADA ★ SPAGHETTI

MASSAS

Spaghetti alle vongoli

Esta é a receita para a versão do molho de vôngoles *in rosso*, por conta dos tomates. Há quem prefira a versão *in bianco*, que não leva tomates e utiliza manteiga e vinho branco na cocção.

LAVADOS, FICAM NO FOGO ATÉ ABRIR

Limpe muito bem os vôngoles, lavando-os em água corrente, se necessário com uma escova. Numa frigideira grande, leve-os ao fogo com um dente de alho picado e um copo de água. Tampe a frigideira e deixe os vôngoles em fogo forte até que se abram naturalmente. Desligue o fogo e retire os moluscos das cascas que abriram, eliminando os que permaneceram fechados. Reserve alguns vôngoles abertos, mas sem tirar a casca. Coe num guardanapo o líquido de cozimento que ficou na frigideira e reserve.

Os vôngoles abertos são retirados das cascas e depois refogados com alho e azeite

O molho cozinha rapidamente, enriquecido pelo próprio caldo do cozimento dos moluscos

O SPAGHETTI COZIDO VAI PARA A FRIGIDEIRA COM O MOLHO E É ENFEITADO COM ALGUMAS CONCHAS ABERTAS

À parte, doure um alho picado no azeite e junte o tomate e a pimenta dedo-de-moça. Acerte o sal, acrescente o líquido dos vôngoles e deixe reduzir até obter um molho consistente.

Acrescente os vôngoles, a salsinha e uma pitada de noz--moscada. Deixe cozinhando, em fogo baixo, por seis minutos. Cozinhe o spaghetti em água abundante com sal. Quando

estiver al dente, escorra e despeje na frigideira do molho. Mexa bem e acrescente os vôngoles abertos ainda na casca. Coloque numa travessa e sirva com um fio de azeite por cima.

MASSAS

Tagliatelle alla carbonara

Gemas e creme de leite para o molho

PREPARE A MASSA: numa tigela de louça, junte a farinha de trigo e os ovos. Misture muito bem com as mãos até conseguir uma massa uniforme e consistente. Faça uma esfera e deixe descansar por aproximadamente 15 minutos. Abra a massa, usando o cilindro da máquina para macarrão ou um rolo de abrir, até que fique com 1 mm de espessura. Deixe a massa repousar de 15 a 20 minutos. Dobre-a então sobre si mesma, como se dobrasse uma folha de papel, dando tantas voltas quantas forem necessárias para obter um "rolo achatado" com 5 a 6 cm de largura. Com uma faca longa e afiada, vá cortando tiras da massa com 1 cm de largura ou um pouco mais estreitas, se preferir. Deixe as tiras da massa secando cobertas de farinha, sobre a pedra, por 20 minutos.

INGREDIENTES

PARA A MASSA: 200 G DE FARINHA DE TRIGO ★ 2 OVOS

PARA O MOLHO: CREME DE LEITE ★ 2 GEMAS
QUEIJO PARMESÃO RALADO
SAL E PIMENTA-DO-REINO MOÍDA NA HORA
BACON CORTADO EM CUBOS DE 1 CM DE LADO
MANTEIGA ★ SALSINHA PICADA
MESCLA DE QUEIJOS PARMESÃO E PECORINO RALADOS

Aberta e cortada, a massa deve ficar secando por 20 minutos sobre uma superfície enfarinhada

PREPARE O MOLHO: numa tigela, misture as gemas com o creme de leite, adicione queijo ralado, sal e pimenta-do-reino e misture muito bem até obter um creme homogêneo. Reserve. À parte, dê uma fervura rápida nos pedaços de bacon, para que percam o excesso de gordura, e depois escorra-os. Numa frigideira, em fogo baixo, doure o bacon na manteiga, tempere com pimenta-do-reino e reserve. Conserve a gordura do bacon na frigideira.

O BACON PASSA POR FERVURA PARA PERDER O EXCESSO DE GORDURA E DEPOIS FRITA LENTAMENTE

SOBRE A MASSA COZIDA, MANTEIGA, A MISTURA DE GEMAS E CREME DE LEITE, O QUEIJO E A SALSINHA

Cozinhe a massa em água abundante com sal. Quando estiver cozida al dente, refogue rapidamente na frigideira onde os bacons foram fritos, adicione manteiga, misture muito bem e junte a salsinha picada.
Regue a massa com a mistura de creme de leite, gemas e queijo ralado que ficou reservada.

Misture bem e mantenha no fogo por alguns instantes. Cubra com os cubos de bacon e sirva com a mescla de queijos parmesão e pecorino ralados.

MASSAS

Molho ao ragu

A MISTURA BEM DOSADA DA CARNE DE VACA MOÍDA COM
BACON, LEGUMES, LINGUIÇA, FÍGADO DE GALINHA E VINHO

Numa panela de fundo grosso, doure os cubos de bacon na manteiga e vá acrescentando a cebola, a cenoura, a pimenta dedo-de-moça e o salsão. Quando os legumes estiverem murchos, abra as linguiças, retire a carne do recheio e junte à panela. Refogue por alguns minutos e adicione os fígados de galinha, limpos e cortados em pedaços pequenos. Espere a mistura cozinhar bem e adicione a carne de vaca. Deixe cozinhar, mexendo de vez em quando, até que a carne esteja bem cozida. Junte o vinho e, quando evaporar, coloque os cogumelos frescos (se usar os secos, cozinhe antes, escorra e pique). Deixe o molho reduzir um pouco e acerte o sal e a pimenta. Junte o extrato de tomate dissolvido no caldo de carne e uma pitada de noz-moscada, tampe a panela e deixe cozinhar em fogo baixo, até encorpar.

INGREDIENTES

100 G DE BACON CORTADO EM CUBOS DE 1 CM ★ 75 G DE MANTEIGA
1 CEBOLA RALADA ★ 1 CENOURA RALADA
1/4 DE PIMENTA DEDO-DE-MOÇA, SEM SEMENTES, PICADA
1/2 TALO DE SALSÃO PICADO ★ 3 FÍGADOS DE GALINHA
150 G DE LINGUIÇA CALABRESA FRESCA ★ SAL E PIMENTA-DO-REINO
300 G DE CARNE MAGRA DE VACA MOÍDA ★ NOZ-MOSCADA RALADA
1 XÍCARA DE VINHO TINTO ★ 1 XÍCARA DE COGUMELOS FRESCOS (OU, DE PREFERÊNCIA, SECOS) ★ 2 XÍCARAS DE CALDO DE CARNE
4 COLHERES (SOPA) DE EXTRATO DE TOMATE

INGREDIENTES

TOMATES BEM MADUROS ★ AZEITE DE OLIVA VIRGEM
ALHO PICADO EM LÂMINAS FINAS (1/2 DENTE POR PESSOA)
MANJERICÃO DE FOLHAS GRANDES
SAL E PIMENTA-DO-REINO MOÍDA NA HORA ★ TAGLIATELLE
QUEIJO PARMESÃO RALADO

MASSAS

Tagliatelle com molho frio de tomates crus

Numa vasilha de louça, coloque o caldo e a polpa dos tomates passados numa peneira fina, de modo a reter as sementes. Lave bem os tomates para eliminar qualquer resíduo de sementes e deixe escorrer. Rasgue com as mãos os tomates com casca em pedaços pequenos e junte ao caldo da polpa que está na vasilha de louça. Adicione as lâminas de alho e as folhas de manjericão picadas grosseiramente. Misture bem e junte o azeite de oliva, de modo

Os tomates cobertos pelo azeite

a cobrir os tomates. Acerte o sal e a pimenta e misture tudo muito bem. Vede a vasilha, cuidadosamente, com filme plástico. Em seguida, cubra com um prato, dando assim início à maceração. Mantenha a vasilha

em temperatura ambiente e ao abrigo da luz por no mínimo três horas antes de utilizar o molho. Como a maceração é um processo contínuo, bom seria consumir o molho dentro de, no máximo, 12 horas a partir de sua preparação, evitando a oxidação. Cozinhe o tagliatelle em água abundante com sal. Quando estiver no ponto certo, escorra e coloque numa travessa. Cubra com o molho frio, adicione queijo parmesão ralado e sirva imediatamente.

INGREDIENTES

PARA O RECHEIO: MANTEIGA ★ DENTES DE ALHO ★ CEBOLA RALADA
CARNE DE UMA COXA DE PERU ★ MORTADELA CORTADA EM CUBOS
1 MAÇO DE ESCAROLA ★ SAL E PIMENTA-DO-REINO ★ RICOTA FRESCA
NOZES TRITURADAS GROSSEIRAMENTE ★ GEMAS ★ QUEIJO PARMESÃO

PARA A MASSA: FARINHA DE TRIGO ★ OVOS INTEIROS

PARA O MOLHO: 1 MAÇO DE RÚCULA ★ 30 G DE MANTEIGA
1 COLHER (CHÁ) DE BICARBONATO ★ CEBOLA MÉDIA RALADA
1 COLHER (CHÁ) DE FARINHA DE TRIGO
2 COLHERES (SOPA) DE CONHAQUE ★ 1 COLHER (CHÁ) DE PERNOD
100 ML DE CREME DE LEITE SEM O SORO ★ SAL E PIMENTA-DO-REINO

MASSAS

Raviólis ao molho de rúcula

Um ovo inteiro para cada 100 g de farinha de trigo: eis o cânone da massa feita em casa. Calcule 100 g de massa pronta por pessoa, não importa o tipo nem o formato da massa escolhida.

PREPARE A MASSA: misture muito bem a farinha com os ovos inteiros, até obter consistência. Molde uma esfera e deixe a massa repousar por 30 minutos. Divida a massa em porções menores e abra cada uma com rolo manual ou com a máquina caseira de fazer pasta. Pressione levemente a massa sobre cada nicho da forma e vá colocando o recheio. Evite que a quantidade de recheio fique mais alta do que o nicho a ele destinado.

PREPARE O RECHEIO: coloque a manteiga numa panela e, em fogo baixo, refogue o alho, a cebola ralada, o peru, a mortadela e a escarola. Acerte o sal e a pimenta-do-reino. Retire do fogo, deixe esfriar e passe tudo pelo processador de alimentos.
Adicione então, misturando sempre, a ricota fresca amassada com garfo, as nozes trituradas grosseiramente, as gemas e o queijo parmesão ralado.

PARA CADA 100 G DE FARINHA, 1 OVO. AMASSE BEM ATÉ OBTER UMA MASSA HOMOGÊNEA. DEIXE DESCANSAR. DIVIDA A MASSA EM PORÇÕES MENORES E ABRA-AS COM O ROLO OU COM A MÁQUINA

MASSA, RECHEIO E FORMA PARA OS RAVIÓLIS. A MASSA É COLOCADA SOBRE A FORMA, CRIANDO A BASE. O RECHEIO É DISTRIBUÍDO NOS NICHOS E AS MARCAS DE SERRILHADO DA FORMA SÃO PINCELADAS COM A MISTURA DE OVO E ÁGUA

Misture ovo batido com água e pincele cuidadosamente as linhas serrilhadas da massa-base, para facilitar o selamento dos raviólis. Coloque outra camada de massa sobre a massa-base na forma. Com o rolo de abrir, comprima por igual a massa que cobre a forma, cortando assim os raviólis. Destaque, com cuidado, os raviólis cortados da forma, um a um. Deixe-os descansando e secando sobre uma superfície lisa e enfarinhada.

Deixe os raviólis secando sobre uma superfície enfarinhada enquanto prepara o molho. A rúcula é levemente cozida na água fervente com bicarbonato, depois passada pelo liquidificador

A base do molho de rúcula: cebola na manteiga, farinha, conhaque, creme de leite e Pernod. Depois é só misturar com o purê de rúcula moída no liquidificador

PREPARE O MOLHO: lave as folhas de rúcula e cozinhe-as rapidamente em água fervente com bicarbonato de sódio. Escorra bem e bata as folhas no liquidificador. Reserve. Numa caçarola, doure em fogo baixo a cebola na manteiga, até que fique transparente. Junte a farinha de trigo, mexendo sempre, para encorpar. Adicione o conhaque e o creme de leite, sem parar de mexer. Acrescente a rúcula reservada, acerte o sal e a pimenta e junte o Pernod. Continue mexendo até encorpar. Cozinhe os raviólis em água abundante com sal.
Quando cozidos, escorra-os, cubra com o molho e sirva.

MASSAS

Tagliatelle verde com molho de atum

Lave os tomates muito bem. Corte a parte superior e retire as sementes com cuidado.
Com uma faca de bom gume, faça um corte em cruz na base dos tomates, mas apenas na pele (veja na página 268).

Numa panela com água fervente, mergulhe os tomates por alguns minutos ou o tempo suficiente para que a pele se desprenda da polpa. Retire da panela, deixe esfriar e remova a pele dos tomates.

Numa caçarola rasa (melhor se for de ferro) em fogo baixo, coloque azeite e refogue os filés de anchova, o alho, as alcaparras e as rodelas de azeitona. Junte parte dos tomates e amasse-os bem. Adicione o vinho branco e deixe reduzir em fogo brando. Acerte o sal e a pimenta. Acrescente o atum e misture bem. Depois de alguns minutos, junte a parte restante dos tomates, agora apenas rasgados com as mãos, não amassados. Misture bem. Junte a salsinha. Cozinhe a massa em água abundante com sal.
Quando estiver al dente, escorra e junte à caçarola. Sirva em seguida, com queijo parmesão cortado em lâminas muito finas.

INGREDIENTES

TOMATES MADUROS ✶ AZEITE DE OLIVA ✶ FILÉS DE ANCHOVA
DENTES DE ALHO ✶ ALCAPARRAS
AZEITONAS PRETAS CORTADAS EM RODELAS
1 XÍCARA DE VINHO BRANCO ✶ ATUM EM CONSERVA
SAL E MESCLA DE PIMENTAS MOÍDAS NA HORA
SALSINHA PICADA GROSSEIRAMENTE
TAGLIATELLE VERDE OU QUALQUER OUTRA MASSA SECA ✶ QUEIJO
PARMESÃO EM LÂMINAS FINAS

Depois de retirar todas as sementes dos tomates, faça um corte em cruz na pele da base. Assim preparados, mergulham na água fervente por poucos minutos. Retire e verá como a casca sai com a maior facilidade

Anchovas, alho, alcaparras e azeitonas refogam na caçarola baixa.
Junte os tomates e o vinho branco e deixe reduzir. Acrescente o atum e os tomates em pedaços.
A massa cozida é então misturada ao molho e polvilhada com folhas de salsinha

Acompanhamentos

272

ASPARGOS GRELHADOS

275

BATATAS GRATINADAS
(GRATIN DAUPHINOIS)

278

CONFIT DE TOMATES

280

MANDIOCAS MARINADAS

283

PIMENTÕES RECHEADOS

286

POLENTA COM QUEIJOS BRIE E GORGONZOLA

291

RATATOUILLE

294

SUA MAJESTADE, A FAROFA

ACOMPANHAMENTOS

Aspargos grelhados

Três minutos na fervura, depois um banho de água fria e gelo: os aspargos estão prontos para serem enrolados no presunto cru. Depois, vão para a grelha, são temperados e cobertos com um fio de azeite

Corte os aspargos, coloque numa panela com água e deixe ferver por exatos três minutos. Escorra-os e imediatamente coloque-os em um recipiente com água gelada, provocando um choque térmico. Retire-os e enxugue-os. Enrole os aspargos nas fatias de presunto cru, aos pares. Leve-os para grelhar em fogo alto. Cubra-os com um fio de azeite virgem, acerte o sal e a mescla de pimentas e vire-os para que grelhem por igual. Adicione o alho picado. Quando estiverem prontos, para torná-los mais crocantes, regue-os ligeiramente com vinagre. Coloque numa travessa, regue com um fio de azeite e sirva como acompanhamento ou entrada.

INGREDIENTES

ASPARGOS FRESCOS ★ FATIAS DE PRESUNTO CRU
AZEITE DE OLIVA VIRGEM ★ 2 DENTES DE ALHO PICADOS
SAL E MESCLA DE PIMENTAS MOÍDAS NA HORA
1 COLHER (SOPA) DE VINAGRE DE VINHO BRANCO

INGREDIENTES

1 KG DE BATATAS
SAL E MESCLA DE PIMENTAS MOÍDAS NA HORA
1 DENTE DE ALHO ★ MANTEIGA PARA UNTAR A FORMA
500 ML DE LEITE ★ NOZ-MOSCADA RALADA
MESCLA DE QUEIJOS PARMESÃO E PECORINO RALADOS
200 ML DE CREME DE LEITE FRESCO

Batatas gratinadas
(Gratin dauphinois)

Lave muito bem as batatas, descasque e corte em fatias de aproximadamente 3 mm de espessura. Não enxágue as fatias, apenas tempere-as com sal e a mescla de pimentas. Esfregue vigorosamente o dente de alho na forma refratária para aromatizá-la. Depois, unte a forma com manteiga.

BATATAS CORTADAS EM FATIAS NEM GROSSAS NEM MUITO FINAS, IMERSAS NO LEITE PARA COZINHAR E TEMPERADAS COM MESCLA DE PIMENTAS E NOZ-MOSCADA

O LEITE USADO PARA COZINHAR AS BATATAS DEPOIS É MISTURADO COM CREME DE LEITE

DEPOIS DE AROMATIZADA COM ALHO, A FORMA É UNTADA COM MANTEIGA E RECEBE AS CAMADAS DE BATATA

A MISTURA DE LEITE E CREME DERRAMADA NA TRAVESSA DE BATATAS E POLVILHADA COM OS QUEIJOS RALADOS

Numa panela, aqueça o leite e coloque cuidadosamente as fatias de batata, de modo que fiquem imersas no líquido. Acerte o sal e a pimenta, junte a noz-moscada e o restante do dente de alho usado para aromatizar a forma. Cozinhe lentamente as batatas no leite até que fiquem macias e semicozidas. Preaqueça o forno em temperatura média (180 °C). Retire as batatas semicozidas da panela e coloque-as na forma, uma ao lado da outra, cobrindo todo o fundo. Reserve o leite. Espalhe sobre essa camada de batatas a mescla de queijos e repita a operação, cobrindo com uma nova camada de batatas. Misture o leite reservado com o creme de leite, derrame na forma, cubra com a mistura de queijos ralados e asse por 50 minutos. Se o forno tiver um broiler ou salamandra, é melhor ainda para gratinar.

ACOMPANHAMENTOS

Confit de tomates

OS VEGETAIS E TEMPEROS VÃO PARA A ASSADEIRA EM FORNO BRANDO. DEPOIS DE RETIRADA A PELE DOS TOMATES, COLOCA-SE UM POUCO DE AÇÚCAR SOBRE CADA UM

Faça um pequeno corte em cruz na base de cada tomate, o que facilitará a remoção da pele. Acomode todos os ingredientes numa assadeira, tempere com a flor de sal, a pimenta e o orégano e regue com um fio generoso de azeite. Leve ao forno brando por 50 minutos. Retire a assadeira e não desligue o forno. Tire a pele de cada tomate com cuidado, ponha de volta na assadeira e coloque um pouco de açúcar sobre cada um. Deixe no forno alto por cerca de 30 minutos. Quando os tomates estiverem prontos, sirva como acompanhamento de carnes, massas ou aves, como na foto ao lado, com uma sobrecoxa de frango assada.

INGREDIENTES

TOMATES MÉDIOS, MADUROS ★ AZEITONAS PRETAS
1 CABEÇA DE ALHO, CORTADA AO MEIO NA TRANSVERSAL
PIMENTÕES PEQUENOS, VERMELHOS E AMARELOS, EM TIRAS
CEBOLAS PEQUENAS, DESCASCADAS ★ 1 CEBOLA ROXA PEQUENA
FOLHAS DE LOURO ★ PIMENTA DEDO-DE-MOÇA ★ RAMOS DE ALECRIM
FLOR DE SAL ★ MESCLA DE PIMENTAS MOÍDAS NA HORA
ORÉGANO FRESCO ★ AZEITE DE OLIVA VIRGEM
1 COLHER (CHÁ) DE AÇÚCAR

ACOMPANHAMENTOS

Mandiocas marinadas

Mandiocas cozidas, cortadas em cubos e, em seguida, fritas em óleo abundante

Papel toalha para retirar o excesso de gordura. Sal e pimenta para temperar

Na travessa, a mandioca misturada com todos os ingredientes

"Yucas marinadas" é o nome deste prato na Colômbia. Para preparar o azeite de pimentão, leve um pimentão vermelho diretamente à chama do fogão, até que a pele que o envolve se queime. Lave e remova totalmente a casca queimada e retire todas as sementes. Passe no liquidificador com 1 xícara de azeite de oliva virgem e 1 colher (chá) de páprica.

Lave, descasque e cozinhe as mandiocas em água salgada. Quando estiverem cozidas, mas ainda firmes, retire, escorra e deixe esfriando. Depois de frias, corte-as em cubos de aproximadamente 3 cm. Frite as mandiocas em abundante óleo bem quente, até que fiquem crocantes e douradas. Retire-as, enxugue sobre papel toalha e ajuste o sal e a pimenta. Reserve.
Num recipiente amplo, misture todos os ingredientes restantes e adicione as mandiocas crocantes. Misture bem e sirva.

INGREDIENTES

500 G DE MANDIOCAS ★ 100 G DE MAIONESE CASEIRA
2 COLHERES (CHÁ) DE SUCO DE LIMÃO
1 TOMATE GRANDE, SEM SEMENTES, CORTADO EM CUBOS DE 2 CM
COENTRO PICADO FINAMENTE
1 COLHER (SOPA) DE AZEITE DE PIMENTÃO
ÓLEO PARA FRITURA ★ SAL E MESCLA DE PIMENTAS MOÍDAS NA HORA

INGREDIENTES

PIMENTÕES ★ DENTES DE ALHO PICADOS FINAMENTE
AZEITE DE OLIVA VIRGEM ★ CEBOLA ROXA RALADA
SAL E MESCLA DE PIMENTAS MOÍDAS NA HORA
CARNE MAGRA MOÍDA DUAS VEZES ★ ALCAPARRAS
TOMATES PICADOS, SEM SEMENTES
AZEITONAS PRETAS CORTADAS EM RODELAS
PÃO DORMIDO PICADO EM PEDAÇOS ★ 2 OVOS COZIDOS PICADOS
SALSINHA PICADA GROSSEIRAMENTE ★ 1 OVO BATIDO
FARINHA DE ROSCA ★ QUEIJO PARMESÃO RALADO
NOZ-MOSCADA RALADA ★ FILÉS DE ANCHOVA

ACOMPANHAMENTOS

Pimentões recheados

O REFOGADO: CEBOLA ROXA, ALHO, CARNE, TOMATE, AZEITONA, ETC.

Lave e corte os pimentões ao meio, no sentido longitudinal. Retire as sementes e reserve. Numa caçarola, doure o alho no azeite de oliva e refogue a cebola ralada em fogo baixo. Acerte o sal e a pimenta.

Junte a carne moída e continue refogando. Adicione os tomates picados, as rodelas de azeitona e o pão picado. Misture bem. Junte ao refogado o ovo cozido e a salsinha picada e misture tudo muito bem. Reserve.

Cubos de pão, salsinha e ovo cozido enriquecem o recheio dos pimentões

Para ficarem bem recheadas, as metades de pimentão devem ser comprimidas com os dedos

Farinha de rosca e parmesão sobre o recheio, mais anchovas, alcaparras e um pouco de alecrim

Recheie os pimentões com a mistura obtida. Comprima o recheio com os dedos para completar todos os vazios, obtendo um recheio compacto. Pincele a superfície do recheio com o ovo batido. À parte, misture a farinha de rosca com o queijo parmesão ralado e um pouco de noz-moscada. Polvilhe sobre os pimentões. Coloque sobre cada pimentão filés de anchova e alcaparras. Derrame sobre cada pimentão um generoso fio de azeite e, se quiser, um galho de alecrim. Leve ao forno médio por 50 minutos. Sirva quente.

ACOMPANHAMENTOS

Polenta com queijos brie e gorgonzola

O CALDO COM OS TEMPEROS ONDE SERÁ DISSOLVIDO O FUBÁ

Numa panela, doure o alho e a cebola numa mistura de manteiga e azeite. Refogue em fogo bem baixo, até que a cebola fique transparente e o alho levemente dourado. Acerte o sal e a pimenta-do-reino. Junte o caldo de galinha e o louro. Deixe cozinhar por cerca de 20 minutos. Numa tigela à parte, vá misturando o fubá com pequenas quantidades de água. Misture bem para não encaroçar. Cuidadosamente, derrame aos poucos a mistura no caldo fervente, mexendo sempre para evitar que se formem caroços. Repita a operação até conseguir a consistência firme da polenta rija, boa de ser enformada. Junte à polenta o queijo parmesão ralado e 1 colher (sopa) de azeite. Prepare as polentas individuais derramando o conteúdo da panela em formas cilíndricas

INGREDIENTES

1 DENTE DE ALHO PICADO ★ 1 CEBOLA MÉDIA RALADA
MANTEIGA ★ AZEITE DE OLIVA VIRGEM
SAL E PIMENTA-DO-REINO A GOSTO ★ CALDO DE GALINHA
2 FOLHAS DE LOURO ★ FUBÁ MIMOSO ★ QUEIJO PARMESÃO RALADO
QUEIJO PARMESÃO RALADO GROSSO (PARA O RECHEIO)
FATIAS DE PRESUNTO COZIDO ★ FATIAS DE QUEIJO BRIE
FATIAS DE QUEIJO GORGONZOLA

> Mais uma forma de preparar a velha e boa polenta. Aqui ela aparece mais rija e mais firme para ser enformada. Cortada em discos, entre eles pode-se utilizar molho ao ragu ou molho de linguiça calabresa. Também é muito usada a polenta entremeada com cogumelos salteados no alho e na manteiga, com tiras de presunto de Parma.

A POLENTA COLOCADA NAS FORMAS INDIVIDUAIS, DEPOIS DESENFORMADA, DIVIDIDA EM CAMADAS E RECHEADA

PEQUENOS CILINDROS INDIVIDUAIS DE POLENTA COM RECHEIO E COBERTURA VÃO AO FORNO PARA GRATINAR OS QUEIJOS

untadas. Deixe esfriar completamente. Quando estiver fria, desenforme para obter um cilindro. Com uma faca de lâmina longa, faça dois cortes, obtendo assim três discos.

Monte novamente os cilindros, intercalando entre os discos o presunto e os queijos. Cubra o topo de cada cilindro com os queijos, especialmente os que derretem mais facilmente, como o brie. Leve ao forno ou micro-ondas para derreter os queijos e gratinar o topo de cada disco de polenta. Depois de gratinada, retire do forno e sirva em seguida.

INGREDIENTES

BERINJELAS ★ TOMATES SEM SEMENTES
PIMENTÕES VERDES, VERMELHOS E AMARELOS SEM SEMENTES
PIMENTA DEDO-DE-MOÇA SEM SEMENTES
CEBOLAS ROXAS E BRANCAS ★ ABOBRINHAS ITALIANAS
DENTES DE ALHO PICADOS ★ AZEITE DE OLIVA VIRGEM
FOLHAS DE LOURO ★ RAMO DE ALECRIM ★ FOLHAS DE SÁLVIA
RAMO DE MANJERICÃO ★ ORÉGANO FRESCO ★ SALSINHA
FLOR DE SAL ★ MESCLA DE PIMENTAS MOÍDAS NA HORA

ACOMPANHAMENTOS

Ratatouille

Sal nas berinjelas tira o amargo

Lave bem todos os legumes. Depois, corte-os: as berinjelas em fatias de 1 cm de espessura, na longitudinal; os pimentões em retângulos pequenos; os tomates em quatro gomos; a pimenta dedo-de-moça em pedaços pequenos; as cebolas em gomos; e as abobrinhas em rodelas. Esfregue sal nas fatias de berinjela e deixe-as sobrepostas, por 40 minutos, numa tigela inclinada a 45 graus para escorrer o líquido amargo.

A ratatouille é um acompanhamento. São muitas as variações de preparação, desde os ingredientes até o tamanho e corte de cada um deles. Na foto, acompanha cordeiro ao molho madeira.

No azeite são refogados lentamente o alho e as cebolas e, em seguida, os legumes e as ervas aromáticas

Na parte final do refogado entram os tomates, e num instante estará pronta a ratatouille

Faça o mesmo com as rodelas de abobrinha. Ao final, escorra os legumes em muitas águas para tirar o excesso de sal. Corte as fatias de berinjela em retângulos. Numa caçarola grande e pesada, refogue o alho picado no azeite. Quando começar a dourar, junte as cebolas cortadas. Deixe refogar lentamente em fogo baixo, com a caçarola tampada. Quando as cebolas estiverem macias e transparentes, junte a pimenta picada e ajuste o sal.
Coloque na caçarola as berinjelas, os pimentões e as abobrinhas. Misture muito bem. Junte ao refogado de legumes todas as ervas aromáticas e misture-as bem. Acrescente 1 colher (café) da mescla de pimentas moídas na hora. Para finalizar, incorpore os tomates cortados em gomos, refogue tudo muito rapidamente e sirva.

ACOMPANHAMENTOS

Sua Majestade, a Farofa

REFOGADO DE BACON, CEBOLA E RODELAS DE AZEITONA

A farofa talvez seja o principal acompanhamento da cozinha brasileira. Um prato eclético, pois faz-se farofa de quase tudo. A sua fórmula básica podem ser acrescentados inúmeros outros ingredientes, como miúdos, milho, bacon torrado, linguiça frita, ovos, charque, salsa, cebola, banana, couve, entre outros. A farofa é feita com farinha de milho ou mandioca – especialmente a bem branca, de Nazaré das Farinhas –, mas é impossível dizer qual delas fica melhor.

É SÓ JUNTAR A FARINHA, OS OVOS, A SALSINHA E MISTURAR TUDO

Cubra o bacon e o paio com água e deixe ferver por três minutos para retirar um pouco da gordura. Escorra a água e doure-os na manteiga, em fogo brando. Quando o bacon estiver dourado, adicione as rodelas de cebola e refogue até que fiquem transparentes. Junte as azeitonas e acerte o sal e a pimenta. Sobre a gordura desse refogado, adicione aos poucos a farinha de milho, mexendo sempre. Acrescente manteiga e aumente o fogo, para que a farinha toste ligeiramente e por igual. Por fim, junte os ovos cozidos e a salsinha picada, mexendo bem para que tudo se misture por igual. Sirva ainda quente como acompanhamento.

INGREDIENTES

BACON CORTADO EM CUBOS ★ PAIO FATIADO
MANTEIGA ★ CEBOLA CORTADA EM RODELAS BEM FINAS
AZEITONAS PRETAS CORTADAS EM RODELAS
SAL E PIMENTA-DO-REINO MOÍDA NA HORA
FARINHA DE MILHO FLOCADA ★ OVOS COZIDOS PICADOS
MAÇO DE SALSINHA PICADA GROSSEIRAMENTE

Miscelânea

299

Arroz de Forno

303

Canapés de espinafre

306

Crostini ai fegatini

309

Cuscuz de botequim

310

Arroz de polvo,
mexilhões e brócolis

312

Dobradinha

317

Feijão-tropeiro

320

Feijoada

327

Focaccia

330

Limoncello

333

Arroz de puta rica

336

Polenta com molho
de linguiça calabresa

340

Risoto de fígado
de galinha e salvia

345

Sardela

346

Rolê de salmão e rúcula

351

Risoto de
provolone e brócolis

354

Sopa de cebola gratinada

357

Torta de peru

361

Virado à paulista

366

Torta de tomates

371

Ensopadinho de
camarão com chuchu

INGREDIENTES

BACON CORTADO EM CUBOS ★ PAIO CORTADO EM FATIAS
LINGUIÇA PORTUGUESA CORTADA EM RODELAS ★ CEBOLA RALADA
ALHO PICADO BEM FINO ★ 1/4 DE FRANGO ASSADO, DESFIADO
TOMATES, SEM SEMENTES, PICADOS ★ ERVILHAS FRESCAS
PIMENTA DEDO-DE-MOÇA, SEM SEMENTES, PICADA
RAMO DE ALECRIM ★ FOLHAS DE LOURO ★ ARROZ JÁ COZIDO
SAL E MESCLA DE PIMENTAS MOÍDAS NA HORA
2 OVOS BATIDOS, COMO PARA OMELETE
QUEIJO PARMESÃO RALADO ★ MEIO REPOLHO
FATIAS DE PRESUNTO COZIDO ★ TOMATES CORTADOS EM FATIAS
OVOS COZIDOS CORTADOS EM FATIAS ★ MOZARELA RALADA

MISCELÂNEA

Arroz de forno

> Houve tempo em que o arroz de forno era servido nos restaurantes paulistas com o nome de risoto, quando na verdade era apenas o delicioso "sformatino di riso". Só bem mais tarde, com a globalização, o verdadeiro risoto chegou aos cardápios, assim como o arroz próprio para fazê-lo, para nossa alegria.

Refogue os cubos de bacon em água fervente para que "percam o peso". Escorra-os e doure-os em pouco óleo. Quando estiverem crocantes, junte a linguiça e o paio fatiados e frite até que dourem. Assim que os embutidos dourarem, reduza o fogo e doure o alho picado. Acrescente a cebola ralada e refogue bem. Quando a cebola estiver

DEPOIS DE FERVIDO, O BACON É FRITO E MISTURADO COM OS EMBUTIDOS

Ao refogado inicial de bacon, paio e linguiça, acrescentam-se frango desfiado, ervilhas, tomates e temperos

transparente, adicione o frango desfiado e misture tudo muito bem. Mantenha em fogo baixo, com a panela tampada, por alguns minutos. Junte ao refogado o tomate picado, as ervilhas frescas, a pimenta dedo-de-moça picada, o alecrim e o louro. Acerte o sal e a mescla de pimentas moídas na hora. Deixe cozinhar em fogo baixo, com a panela tampada. Inicie a montagem: numa tigela, coloque o arroz cozido, os ovos

A TRAVESSA PRONTA E COBERTA COM QUEIJOS VAI AO FORNO PARA GRATINAR

TOMATES E OVOS FATIADOS NA COBERTURA

batidos e o queijo parmesão ralado e misture.
Numa forma refratária untada, espalhe uma camada do arroz com os ingredientes. Sobre essa camada, coloque as folhas de repolho, as fatias de presunto, de tomate e de ovo cozido. Cubra com outra camada de arroz e assim sucessivamente. Quando completar a altura da forma, termine colocando fatias de tomate e de ovo cozido. Derrame sobre o arroz o restante dos ovos batidos, espalhando-os de modo uniforme em toda a superfície. Cubra com queijo parmesão e mozarela ralados.
Leve ao forno para gratinar.

INGREDIENTES

MANTEIGA ★ PÃO ITALIANO EM FATIAS
DENTE DE ALHO SEM A CASCA (PARA AROMATIZAR O PÃO)
1 MAÇO DE ESPINAFRE
1 COLHER (SOPA) DE BICARBONATO DE SÓDIO
AZEITE DE OLIVA ★ ALHO PICADO BEM FINO
SAL E MESCLA DE PIMENTAS MOÍDAS ★ OVOS DE CODORNA

MISCELÂNEA

Canapés de espinafre

PÃO SEMITORRADO, ESPINAFRE BEM VERDE COZIDO COM BICARBONATO

Espalhe uma camada fina de manteiga nos dois lados das fatias de pão italiano. Leve ao forno para dourar. Quando as fatias de pão estiverem semitorradas, retire-as do fogo, deixe esfriar e esfregue o dente de alho para aromatizar. Reserve.
Leve o espinafre para cozinhar em água fervente com 1 colher (sopa) de bicarbonato, para manter a cor verde. Depois de cozido, pique o espinafre e refogue no azeite e na manteiga com alho picado. Ajuste o sal e a mescla de pimentas moídas. Numa frigideira antiaderente, frite os ovos de codorna na manteiga.

CANAPÉS SABOROSOS E SIMPLES: ESPINAFRE REFOGADO, OVOS FRITOS NA MANTEIGA E PÃO AMANTEIGADO

Para montar os canapés, corte as fatias de pão usando uma forma de corte circular ou simplesmente corte as fatias pela metade. Espalhe o espinafre refogado sobre as fatias e sobre cada uma coloque um ovo de codorna frito. Arrume os canapés montados numa travessa. Podem servir de entrada ou ser utilizados como acompanhamento de saladas.

MISCELÂNEA

Crostini ai fegatini

FÍGADOS NA MANTEIGA E VINHO
BRANCO COZINHAM EM FOGO BAIXO

> Antepasto clássico da cozinha toscana, exemplo de singeleza: pasta de fígado de galinha (fegatini) temperada servida sobre fatias de pão torrado (crostini).

FATIAS TORRADAS COBERTAS
COM O PATÊ MORNO E PRESUNTO CRU

Limpe bem os fígados, tire toda a gordura e lave-os bem. Refogue, em fogo baixo, a cebola em um pouco de manteiga. Quando dourar, junte os fígados e deixe cozinhar por 20 minutos, mexendo para que refoguem por igual. Junte o vinho branco, aumente o fogo e continue mexendo, até evaporar todo o líquido. Acerte o sal e a pimenta. Deixe amornar e acrescente a anchova, as alcaparras e a sálvia. Misture tudo muito bem, comprimindo os pedaços de fígado já cozidos até obter uma pasta espessa e homogênea. Se necessário, use um mixer. Coloque aos poucos algumas lâminas de manteiga e misture bem. Prove o sal e a pimenta e deixe esfriar. Passe manteiga nos dois lados das fatias de pão e leve-as ao forno para que dourem. Quando prontas, espalhe uma camada generosa da pasta de fígado ainda morna sobre cada uma delas, cubra com uma fatia de presunto cru e sirva.

306

INGREDIENTES

150 G DE MANTEIGA EM TEMPERATURA AMBIENTE ★ 700 G DE FÍGADO DE GALINHA ★ CEBOLA PEQUENA RALADA
1 XÍCARA DE VINHO BRANCO SECO ★ 6 FILÉS DE ANCHOVA PICADOS
SAL E MESCLA DE PIMENTAS MOÍDAS NA HORA
2 COLHERES (SOPA) DE ALCAPARRAS LAVADAS E PICADAS FINAMENTE
FOLHAS DE SÁLVIA PICADAS ★ PÃO TIPO ITALIANO EM FATIAS
300 G DE PRESUNTO CRU EM FATIAS DE ESPESSURA MÉDIA

INGREDIENTES

1 XÍCARA DE ÓLEO DE MILHO ★ 1 XÍCARA DE AZEITE DE OLIVA
6 DENTES DE ALHO ★ 2 CEBOLAS GRANDES
AZEITONAS VERDES ★ 1 PIMENTÃO VERMELHO SEM SEMENTES
2 FOLHAS DE LOURO ★ 5 TOMATES SEM PELE E SEMENTES
1 PIMENTA DEDO-DE-MOÇA SEM SEMENTES ★ 1 VIDRO DE PALMITO
3 LATAS DE SARDINHA ★ 1 XÍCARA DE ERVILHAS FRESCAS
CAMARÕES MIÚDOS ★ SAL E PIMENTA-DO-REINO MOÍDA NA HORA
2 CUBOS DE CALDO DE GALINHA ★ 1 XÍCARA DE FARINHA DE MILHO
FLOCADA ★ 3/4 DE XÍCARA DE FARINHA DE MANDIOCA CRUA
SALSINHA PICADA GROSSEIRAMENTE ★ 3 OVOS COZIDOS
CAMARÕES GRANDES

MISCELÂNEA

Cuscuz de botequim

NA FORMA, COMPRIMA BEM A MISTURA DAS FARINHAS COM O REFOGADO

Refogue no óleo e no azeite o alho, a cebola, o pimentão, o louro, a pimenta dedo-de-moça, as azeitonas e quatro tomates picados. Aos poucos, junte o palmito e o conteúdo de duas latas de sardinhas picadas. Por fim, acrescente as ervilhas e os camarões miúdos.
Refogue tudo. Acerte o sal e a pimenta, coloque os cubos de caldo de galinha e deixe refogando em fogo baixo.
À parte, misture as duas farinhas com a salsinha picada. Adicione essa mistura, aos poucos, ao refogado, mexendo sempre. Unte uma forma e decore o fundo e as laterais com os ovos cozidos em fatias, os camarões grandes cortados ao meio na longitudinal, as sardinhas restantes, o tomate cortado em fatias e a salsinha. Coloque na forma a massa da panela em camadas, sem apertar ainda, de modo a fixar os adornos nas laterais da forma. Depois de colocada toda a massa, cubra com filme plástico e comprima o recheio por igual, moldando o cuscuz. Desenforme ainda morno e sirva.

> Esta é a versão vulgar do cuscuz paulista feito na panela, encontrado nos bares e servido nas festas e comemorações populares. Existe a versão mais elaborada do cuscuz, aquela de cocção no vapor, de grande sofisticação. Entretanto, nenhuma das duas tem a ver com o célebre couscous do norte da África.

MISCELÂNEA

Arroz de polvo, mexilhões e brócolis

Polvo cozido e picado, brócolis no vapor e refogados no alho

Cozinhe o polvo em água abundante com o vinagre, as folhas de louro e a cebola espetada com os cravos. Quando a cebola estiver cozida, o polvo estará no ponto. Remova o restante da pele do polvo, coe e reserve o líquido do cozimento. Corte os pedaços de polvo com cerca de 3 cm de comprimento. Cozinhe os brócolis em água com bicarbonato de sódio para manter a cor. Quando estiverem cozidos, escorra e reserve.

Numa frigideira, refogue no azeite metade do alho. Junte a cebola ralada, os pedaços de polvo, os mexilhões pré-cozidos e refogue por mais alguns minutos. Adicione os tomates, os pimentões, o vinho branco e a pimenta dedo-de-moça. Deixe reduzir e acerte o sal e a mescla de pimentas. Em outra frigideira, doure o restante do alho picado no azeite, junte os brócolis e ajuste o sal e a pimenta moída na hora. Cozinhe o arroz utilizando a água do cozimento do polvo, tomando cuidado para que o arroz fique firme e soltinho. Numa travessa de louça, junte e misture bem o polvo e os mexilhões, os brócolis e o arroz. Cubra tudo com azeite e sirva.

INGREDIENTES

1 POLVO DE APROXIMADAMENTE 1 1/2 KG
1/2 XÍCARA DE VINAGRE BRANCO
FOLHAS DE LOURO ★ 1 CEBOLA ESPETADA COM 4 CRAVOS-DA-ÍNDIA
1 MAÇO DE BRÓCOLIS ★ 1 COLHER (CHÁ) DE BICARBONATO DE SÓDIO
AZEITE DE OLIVA VIRGEM ★ 4 DENTES DE ALHO PICADOS BEM FINO
1 CEBOLA MÉDIA RALADA ★ 1 XÍCARA DE VINHO BRANCO SECO
1/2 KG DE MEXILHÕES LIMPOS E PRÉ-COZIDOS
TOMATES, SEM PELE E SEMENTES, PICADOS
PIMENTÕES AMARELOS PRÉ-COZIDOS NO VAPOR, PICADOS
PIMENTA DEDO-DE-MOÇA, SEM SEMENTES, CORTADA EM FATIAS FINAS
SAL E MESCLA DE PIMENTAS ★ 1 1/2 XÍCARA DE ARROZ

MISCELÂNEA

Dobradinha

> Prato do dia na grande maioria dos bares e restaurantes de São Paulo, servido sempre às terças-feiras, geralmente tem seu nome escrito com giz na lousa logo na porta de entrada.
> A dobradinha consegue a rara proeza de dividir as pessoas em dois grupos igualmente intensos e antagônicos: os que "adooooooram dobradinha" e os que "deteeeeestam dobradinha". Ninguém é sinceramente indiferente a uma dobradinha benfeita.

Deixe o feijão-branco de molho na água por duas horas, no mínimo, para que amacie e se reidrate. Depois, cozinhe até ficar al dente, nem duro nem mole demais.
Lave e escorra o bucho em muitas águas e cozinhe-o na panela de pressão, imerso no leite, com as folhas de louro e o dente de alho inteiro.
Corte o bacon em pedaços, doure e reserve. Corte a linguiça em rodelas, o paio em fatias alongadas e as cenouras em cilindros de 3 cm.
Numa panela, refogue no óleo os temperos do feijão: parte do alho picado e da cebola ralada, mais o tomate, a pimenta dedo-de-moça e a salsinha.

INGREDIENTES

FEIJÃO-BRANCO NOVO ★ FOLHAS DE LOURO
TRIPAS BOVINAS (BUCHO) BEM LIMPAS E LAVADAS ★ 1 LITRO DE LEITE
1 DENTE DE ALHO INTEIRO ★ PAIO ★ LINGUIÇA PORTUGUESA
BACON ★ CENOURAS ★ ÓLEO ★ ALHO PICADO MIÚDO
CEBOLA RALADA ★ TOMATE, SEM PELE E SEMENTES, PICADO
PIMENTA DEDO-DE-MOÇA, SEM SEMENTES, PICADA ★ SALSINHA
SAL E PIMENTA-DO-REINO ★ 1 XÍCARA DE AGUARDENTE (CACHAÇA)
PURÊ DE TOMATE ★ CALDO DE CARNE

Feijão de molho duas horas antes, para amaciar. Paio, linguiça, bacon e cenoura cortados. Os temperos para o feijão são picados finamente e bem refogados

Adicione ao feijão semicozido o paio e a linguiça, para que cozinhem juntos.
Quando as tripas estiverem cozidas, retire da panela de pressão e escorra bem. Passe para uma frigideira e refogue com óleo, o alho picado e a cebola ralada restantes, o bacon e as cenouras. Acerte o sal e a pimenta-do-reino. Refogue em fogo baixo, mexendo sempre.

Quando as tripas estiverem bem refogadas, despeje a cachaça e flambe com cuidado (atenção: cachaça é quase puro álcool). Depois de flambar, adicione o purê de tomate e o caldo de

O FEIJÃO COZINHA COM AS CARNES E OS TEMPEROS REFOGADOS. AS TRIPAS SÃO REFOGADAS NOS TEMPEROS, FLAMBADAS NA CACHAÇA EM FOGO BAIXO E COZIDAS COM O PURÊ DE TOMATE E O CALDO DE CARNE

carne e deixe reduzir em fogo baixo. Quando pronta, junte a dobradinha ao feijão e misture tudo muito bem. Verifique o ponto do feijão, acerte o sal e a pimenta e sirva.

INGREDIENTES

TOUCINHO PARA OS TORRESMOS
SAL ★ ÓLEO ★ OVOS
PIMENTA-DO-REINO ★ CHEIRO-VERDE
PICADO GROSSEIRAMENTE
LINGUIÇA ★ DENTES DE ALHO PICADOS
CEBOLA RALADA ★ PIMENTA DEDO-DE-MOÇA,
SEM SEMENTES, PICADA
FEIJÃO-ROXINHO COZIDO E SEM TEMPERO
FARINHA DE MILHO FLOCADA

MISCELÂNEA

Feijão-tropeiro

Corte em cubos e escalde rapidamente o toucinho em água fervente (não mais que um minuto). Escorra, tempere com sal e deixe descansar por uns 15 minutos. Coloque um pouco de óleo numa panela e, quando aquecer, junte os cubos de toucinho. Mexa de vez em quando para que não grudem uns nos outros. Eles soltarão mais gordura e, quando estiverem opacos, parecendo fritos, desligue o fogo,

OS TORRESMOS, PREPARADOS EM DOIS TEMPOS. OS OVOS BATIDOS, TEMPERADOS E FRITOS COMO OMELETE

A OMELETE É CORTADA EM TIRAS E AS LINGUIÇAS VÃO SE JUNTAR AO FEIJÃO E À FARINHA DE MILHO

O FEIJÃO REFOGADO NO TEMPERO E MISTURADO
COM A FARINHA DE MILHO NUMA ESPÉCIE DE FAROFA

retire-os da gordura e coloque-os na geladeira para esfriar. Reserve a gordura. Assim que os torresmos estiverem frios (não gelados), aqueça a gordura novamente e, quando estiver bem quente, coloque de volta os torresmos, mexendo-os até que fiquem pururuca.
À parte, bata os ovos com óleo e um pouco de água. Tempere com sal e pimenta-do-reino e junte o cheiro-verde (reserve um pouco). Frite os ovos. Quando a omelete estiver pronta, corte em tiras e reserve. Na mesma panela dos torresmos, frite as linguiças. Se forem grandes, corte-as em pedaços de aproximadamente 2,5 cm. Reserve.
Faça um refogado com o alho, a cebola e a pimenta dedo-de-moça. Acrescente o feijão cozido e deixe refogar. Acerte o sal. Acrescente a farinha de milho aos poucos, mexendo sempre, até obter uma espécie de farofa.
Coloque os torresmos, as tiras de ovo, a linguiça e o cheiro-verde reservado. Se necessário, adicione um pouco da água do cozimento do feijão para tornar a mistura mais úmida.
Misture tudo muito bem e sirva.

MISCELÂNEA

Feijoada

PREPARE AS CARNES SALGADAS: lave-as bem, retirando todo o sal que as envolve. Se necessário, use uma escovinha. Coloque-as para cozinhar numa panela com água abundante. Quando abrir fervura, espere 15 minutos e escorra a água.

Lave a panela e as carnes novamente, para retirar qualquer resquício de sal. Repita a operação cobrindo de água as carnes e leve ao fogo para que cozinhem até o ponto desejado. Quando isso ocorrer, lave as carnes novamente,

> São muitas e variadas as maneiras de fazer e servir feijoada, todas elas saborosas. O curioso é que normalmente os pratos têm ingredientes, mas a feijoada não: ela tem pertences! Enfim, trata-se de um prato especial, que exige certa liturgia no preparo.

INGREDIENTES

CARNES SALGADAS: CARNE-SECA ★ LÍNGUA ★ RABO
ORELHA ★ COSTELA ★ PÉ ★ LOMBO
DEFUMADOS: PAIO ★ LINGUIÇA CALABRESA
LINGUIÇA PORTUGUESA ★ COSTELINHA DE PORCO
PARA O FEIJÃO: FEIJÃO-PRETO NOVO ★ 1 FOLHA DE LOURO
1 DENTE DE ALHO INTEIRO
PARA O TEMPERO: AZEITE DE OLIVA ★ ALHO PICADO
CEBOLA RALADA ★ TOMATE BEM PICADO ★ ORÉGANO FRESCO
PIMENTA DEDO-DE-MOÇA, SEM SEMENTES ★ RAMO DE ALECRIM
PARA A COUVE: COUVE-MANTEIGA ★ ALHO PICADO
SAL E PIMENTA-DO-REINO ★ BACON EM TIRAS
PARA AS BANANAS À MILANESA: BANANAS
OVOS ★ FARINHA DE ROSCA ★ ÓLEO PARA FRITAR

O FEIJÃO COZINHA ENQUANTO OS TEMPEROS REFOGAM LENTAMENTE, O BACON AFERVENTA E OS DEFUMADOS SÃO PICADOS

livrando-as do sal. Corte-as em pedaços a seu gosto e reserve.

PREPARE OS DEFUMADOS: retire a pele do paio e corte-o em fatias finas, colocando a faca em um ângulo de 45 graus, para que as fatias fiquem mais alongadas. Corte a linguiça portuguesa em cilindros de 2,5 cm de comprimento e a linguiça calabresa em cilindros de 1,5 cm

DEPOIS DE FRITAR O BACON, USA-SE A GORDURA QUE FICA NA FRIGIDEIRA PARA REFOGAR O ALHO PARA A COUVE

de comprimento. Os tamanhos e modos diferentes de corte são para facilitar a escolha das carnes na hora de servir. Separe as costelinhas defumadas duas a duas. Reserve.

PREPARE O FEIJÃO: escolha o feijão, lave e cozinhe numa panela comum com a folha de louro e o dente de alho (se puder, evite a panela de pressão). Quando o feijão estiver semicru, desligue o fogo e reserve-o, juntamente com a água do cozimento.

PREPARE O TEMPERO: em uma frigideira à parte, refogue no azeite o alho picado e a cebola ralada. Misture o tomate com o orégano fresco e a pimenta dedo-de-moça e adicione ao refogado na frigideira. Acrescente também o alecrim. Tampe a panela e deixe cozinhar em fogo baixo até que a cebola fique transparente. Quando estiver bem refogado, adicione uma concha da água do cozimento do feijão, misture tudo e reserve.

A FEIJOADA: quando o feijão estiver no ponto ideal (al dente), despeje nele o molho do tempero feito à parte. Misture bem, acerte o sal e a pimenta.

É hora de ir adicionando os ingredientes reservados: os salgados no início, respeitando uma ordem de entrada dada pela consistência de cada ingrediente (primeiro os que que têm osso, depois os mais rijos, etc.). Misture bem e mexa sempre. Junte a costelinha defumada e

AS BANANAS CORTADAS AO MEIO E PASSADAS NO OVO E NA FARINHA DE ROSCA SÃO FRITAS EM ÓLEO

os embutidos. Tampe a panela e deixe em fogo baixo, mexendo para que não grude no fundo.

A COUVE: numa frigideira à parte, ferva as fatias de bacon para que "percam o peso". Depois frite-as em pouco óleo, já que o próprio bacon soltará sua gordura. Reserve a frigideira para refogar o alho para a couve. Pique a couve em tiras muito finas, fazendo de várias folhas (sem o talo) um maço bem apertado e cortando com uma faca de bom gume.

Quanto mais fina a couve, melhor. Coloque a couve picada num escorredor e lave-a bem. Depois escalde-a, despejando a água fervente lentamente sobre ela, ainda no escorredor (isso elimina o amargor da couve). Refogue o alho picado na gordura deixada pelo bacon e junte a couve. Acerte o sal e a pimenta-do-reino. Baixe novamente o fogo e "abafe" a couve com uma tampa de panela de diâmetro menor que o da frigideira, de modo que se encaixe bem sobre a couve.

AS BANANAS À MILANESA: descasque e corte ao meio as bananas. Passe-as no ovo batido e depois na farinha de rosca, cobrindo-as por completo. Frite as bananas empanadas em óleo bem quente para que fiquem douradas e sequinhas.

Para scrvir a feijoada, ponha os acompanhamentos em travessas e a feijoada numa grande tigela funda. Coloque na mesa uma vasilha com farinha de mandioca de boa qualidade e laranjas-baía, descascadas e sem pele.

INGREDIENTES

2 XÍCARAS DE FARINHA DE TRIGO PENEIRADA
1/2 COLHER (CHÁ) DE SAL
3/4 DE COLHER (SOPA) DE FERMENTO BIOLÓGICO SECO RÁPIDO
4 DENTES DE ALHO PICADOS FINAMENTE
2 RAMOS DE ALECRIM (SÓ AS FOLHAS, PICADAS)
10 AZEITONAS PRETAS PICADAS ★ 2/3 DE XÍCARA DE ÁGUA MORNA
1 COLHER (SOPA) DE AZEITE DE OLIVA VIRGEM

PARA A COBERTURA: 2 COLHERES (CHÁ) DE SAL GROSSO MOÍDO
FOLHAS DE UM RAMO DE ALECRIM MOÍDAS
6 COLHERES (SOPA) DE AZEITE DE OLIVA

MISCELÂNEA

Focaccia

ALHO, AZEITONA E ALECRIM PICADOS TEMPERAM A MASSA

Num recipiente amplo, misture a farinha de trigo, o sal, o fermento, o alho, as azeitonas e o alecrim picados. Acrescente a água morna e o azeite de oliva. Misture tudo muito bem até obter uma massa fofa. Leve a massa para uma superfície lisa, previamente enfarinhada, e amasse bem por pelo menos 15 minutos. Forme uma esfera e deixe repousando num recipiente untado, em temperatura ambiente, coberta com um pano de prato limpo, por pelo menos uma hora, para que cresça e fique com o dobro do tamanho inicial.
Depois de crescida a massa, leve-a novamente à superfície enfarinhada e abra-a

Os temperos se mesclam com a farinha. A massa preparada e transformada em uma esfera

Depois de crescer o dobro do tamanho inicial, a massa é aberta cuidadosamente e colocada na forma, para crescer novamente

SAL GROSSO E ALECRIM MOÍDOS POR CIMA DA MASSA, MAIS AZEITE DE OLIVA. A MASSA VAI PARA O FORNO POR 25 MINUTOS

cuidadosamente com um rolo de abrir massa. Obtenha uma forma ovalada com cerca de 1,5 cm de espessura. Coloque a massa numa forma untada e deixe-a crescer mais uma vez, por 30 minutos, coberta com o pano de prato. Com os dedos, faça furos por toda a superfície da massa sem, contudo, trespassá-la. Misture o sal grosso e o alecrim moídos e polvilhe a massa com essa mistura Finalize pincelando com o azeite de oliva virgem. Leve a focaccia ao forno a 200 °C e asse por 25 minutos ou até que esteja dourada.

MISCELÂNEA

Limoncello

> Limoncello, como o nome diz, é um licor de limão produzido originalmente no sul da Itália, especialmente na região do golfo de Nápoles, na costa Amalfitana e nas ilhas de Ischia e Capri, havendo também produção na Sicília e na Sardenha. É feito à base de limão siciliano, de sabor suave, álcool, água e açúcar. Deve ser mantido no congelador e, consequentemente, bebido bem gelado.

Lave cuidadosamente os limões. Raspe a casca, tomando o cuidado de evitar a pele branca e amarga que está entre a polpa e a casca. Coloque as cascas numa vasilha com tampa e cubra-as com o litro de vodca. Mantenha-as completamente imersas na vodca por sete dias, mexendo o frasco diariamente.
No sétimo dia, faça uma calda com o litro de água mineral e o açúcar. Deixe encorpar e adicione o cravo-da-índia (apenas um). Misture um litro dessa calda à vodca já coada e sem as cascas, obtendo, assim, dois litros de limoncello. Esterilize os frascos em água fervente, engarrafe o licor, tampe bem e guarde no congelador. Sirva sempre muito gelado.

INGREDIENTES

6 LIMÕES-SICILIANOS
1 LITRO DE VODCA DE BOA QUALIDADE
1 LITRO DE ÁGUA MINERAL SEM GÁS
500 G DE AÇÚCAR
1 CRAVO-DA-ÍNDIA

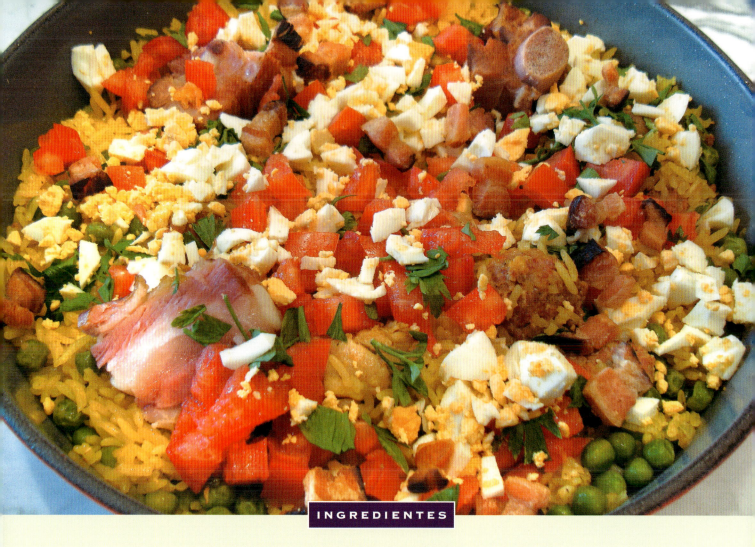

INGREDIENTES

1 PEDAÇO DE BACON CORTADO EM CUBOS
2 SOBRECOXAS DE FRANGO ★ 1 GOMO DE LINGUIÇA CAIPIRA
2 COSTELINHAS DE PORCO DEFUMADAS ★ ÓLEO PARA FRITURA
2 XÍCARAS DE ARROZ, LAVADO E ESCORRIDO
2 DENTES DE ALHO PICADOS ★ 1 CEBOLA RALADA
SAL E MESCLA DE PIMENTAS MOÍDAS ★ ERVILHAS FRESCAS
2 COLHERES (SOPA) DE AÇAFRÃO-DA-TERRA ★ CALDO DE GALINHA
2 TOMATES, SEM PELE E SEMENTES, CORTADOS EM CUBOS PEQUENOS
SALSINHA PICADA GROSSEIRAMENTE ★ 2 OVOS COZIDOS PICADOS

MISCELÂNEA

Arroz de puta rica

BACON, O PRIMEIRO A REFOGAR

Coloque os cubos de bacon numa panela com água fervente, por poucos instantes, apenas para retirar o excesso de gordura e deixá-los mais crocantes. Escorra bem e passe o bacon para a panela, de ferro ou barro, e frite até que fiquem crocantes. Reserve. Na mesma panela, frite a linguiça caipira fatiada em rodelas e reserve. À parte, cozinhe as costelinhas defumadas em água fervente; quando prontas, reserve.

Corte cada sobrecoxa pela metade (para isso, use um cutelo ou faca pesada). Doure os pedaços de frango previamente temperados na mesma panela onde foram refogados o bacon e a linguiça. Reserve. Refogue o arroz na mesma panela, com o alho e a cebola ralada. Acerte o sal e a pimenta. Quando o arroz estiver bem refogado, acrescente a linguiça

Este é um prato tradicional da culinária goiana e tem sua origem no arroz de puta pobre, que levava apenas arroz, sobras de carne e feijão. Para ficar mais saboroso, é preparado em panela de barro ou ferro, onde se refogam o bacon, a linguiça e o frango, de maneira que um sabor vai sendo adicionado a outro.

As etapas do refogado: o frango, a linguiça, o arroz e demais ingredientes

O LENTO COZIMENTO SE FAZ NO CALDO DE GALINHA TEMPERADO COM AÇAFRÃO-DA-TERRA

fatiada em rodelas, o frango em pedaços e a ervilha. Misture tudo muito bem.
Dissolva o açafrão-da-terra no caldo de galinha, misture bem e adicione ao arroz, de forma a cobri-lo. Quando o caldo ferver, baixe o fogo ao mínimo possível, tampe a panela e deixe cozinhando lentamente.
Quando o arroz estiver cozido, cubra-o com o tomate em cubinhos, misture a salsinha, o bacon frito e o ovo cozido picado grosseiramente.
Distribua sobre o arroz os pedaços da costelinha defumada cozida e sirva.

MISCELÂNEA

Polenta com molho de linguiça calabresa

Corte a linguiça em rodelas e cada rodela ao meio. Leve os pedaços para dourar numa panela com pouquíssimo óleo. Quando a linguiça estiver dourada, escorra o excesso de óleo e junte o molho de tomate previamente preparado.

Deixe cozinhando em fogo baixo com a panela tampada. Em outra panela, refogue no azeite o alho e a cebola e acerte o sal e a pimenta-do-reino (sem esquecer que a linguiça calabresa já leva alguma pimenta). Doure a cebola em fogo muito baixo e só então adicione o caldo de carne (reserve 1 xícara do caldo frio).

> O milho foi introduzido na Europa após a chegada dos espanhóis ao Caribe em 1492. Na Itália, a polenta de milho é uma tradição, principalmente nas regiões do norte, de Veneza e Friuli.
> Na versão "contadina", ela é derramada diretamente da panela em que foi preparada sobre uma tábua apropriada, colocada no centro da mesa e coberta com o molho. A polenta, então, é degustada por todos, às colheradas, diretamente na tábua, sempre acompanhada de bom copo de vinho. A polenta que temos aqui é a "polenta no pano". Existem diversos preparos, assim como podem variar as farinhas, mas nada é mais tradicional do que a polenta feita com farinha de milho.

INGREDIENTES

LINGUIÇA CALABRESA FRESCA ★ ÓLEO
MOLHO AL SUGO PREVIAMENTE PREPARADO
AZEITE DE OLIVA VIRGEM ★ 1 DENTE DE ALHO PICADO BEM FINO
CEBOLA MÉDIA RALADA ★ SAL E PIMENTA-DO-REINO
CALDO DE CARNE ★ 2 FOLHAS DE LOURO
FUBÁ (FARINHA DE MILHO) ★ QUEIJO PARMESÃO RALADO

OS PEDAÇOS DE CALABRESA SÃO DOURADOS COM POUCO ÓLEO E DEPOIS COZIDOS NO MOLHO DE TOMATE

O REFOGADO DE ALHO E CEBOLA COZINHA NO CALDO DE CARNE. A POLENTA QUENTE É DERRAMADA SOBRE O PANO

Junte as folhas de louro e deixe cozinhando em fogo baixo, com a panela tampada, até que a cebola fique transparente e quase imperceptível.
Numa tigela, acrescente o fubá ao caldo de carne frio e misture bem. Derrame lentamente, mexendo sempre, essa mistura na panela do caldo de carne temperado. Continue mexendo e adicionando o fubá aos poucos, para que não encaroce. Adicione o queijo parmesão e continue mexendo, até que adquira a consistência desejada. Junte 1 colher (sopa) de azeite de oliva. A polenta estará homogênea e

POLENTA AMARRADA COM BARBANTE COMO SE FOSSE UMA TROUXA

no ponto ideal quando começar a aparecer o fundo da panela a cada movimento da colher. Sobre uma tigela, coloque o "pano de polenta" e, sobre ele, derrame a polenta. Junte as quatro pontas do pano e amarre com um barbante, formando uma trouxa. Coloque a trouxa de polenta diretamente sobre a pedra fria e desloque-a constantemente, para que esfrie e vá tomando a forma côncava para melhor receber o molho. Quando a polenta tiver esfriado o suficiente para adquirir a consistência desejada, retire-a do pano e leve-a ao prato de servir. Cubra com o molho de calabresa e sirva coberta com queijo parmesão.

MISCELÂNEA

Risoto de fígado de galinha e sálvia

REFOGUE O FÍGADO E A SÁLVIA E FLAMBE COM CONHAQUE. A CEBOLA TAMBÉM REFOGA, ATÉ QUE COMECE A DOURAR

Limpe bem os fígados e pique-os em lâminas muito finas. Pique grosseiramente as folhas de sálvia.
Refogue as lâminas de fígado na manteiga, acerte o sal e a pimenta. Adicione a sálvia e refogue por uns cinco minutos. Junte o conhaque, flambe e reserve.
Numa panela à parte, refogue em fogo baixo a cebola na manteiga, até que comece a dourar. Acrescente o arroz sem lavar, ajuste o sal e a pimenta e refogue bem, mexendo sempre. Quando o arroz já estiver bem refogado, junte à panela o vinho branco, cobrindo o arroz. Continue mexendo, até que o líquido evapore.

INGREDIENTES

FÍGADOS DE GALINHA ★ FOLHAS DE SÁLVIA ★ MANTEIGA
SAL E PIMENTA-DO-REINO ★ 3 COLHERES (SOPA) DE CONHAQUE
CEBOLA CORTADA EM FATIAS FINAS
ARROZ PARA RISOTO (ARBORIO OU CARNAROLI)
1 XÍCARA DE VINHO BRANCO SECO ★ CALDO DE CARNE
1 ENVELOPE DE AÇAFRÃO ★ QUEIJO PECORINO OU PARMESÃO RALADO

O ARROZ É REFOGADO COM A CEBOLA, DEPOIS COBERTO COM VINHO BRANCO. O AÇAFRÃO É DISSOLVIDO NO CALDO

Quando começar a secar, vá adicionando o caldo de carne, sem parar de mexer, mantendo o arroz sempre úmido.

Num recipiente de louça, dissolva o açafrão em 1 colher (sopa) de caldo de carne, misture bem e junte ao arroz. Continue mexendo o arroz e adicionando o caldo de carne sempre que necessário.

Na metade do cozimento, junte o fígado e a sálvia ao arroz. Misture bem.

Verifique o ponto do arroz: quando estiver quase al dente, desligue o fogo, coloque uma lâmina de manteiga por cima e tampe a panela. Deixe descansar (e secar) por aproximadamente oito minutos. Cubra com o queijo ralado e sirva.

NA METADE DO COZIMENTO, JUNTE O FÍGADO AO ARROZ, TAMPE A PANELA E DESLIGUE O FOGO QUANDO ESTIVER QUASE AL DENTE

INGREDIENTES

3 DENTES DE ALHO PICADOS
4 PIMENTÕES VERMELHOS GRANDES ★ 1 PIMENTA DEDO-DE-MOÇA
AZEITE DE OLIVA VIRGEM ★ ORÉGANO FRESCO
FOLHA DE LOURO PICADA FINAMENTE
1 LATA PEQUENA DE EXTRATO DE TOMATE
200 G DE FILÉS DE ANCHOVA
(DE PREFERÊNCIA ITALIANA OU ESPANHOLA)

MISCELÂNEA

Sardela

PIMENTÕES REFOGADOS COM ERVAS. PASSADOS NO LIQUIDIFICADOR, COZINHAM EM FOGO BAIXO

Espalhada generosamente sobre uma fatia de bom pão italiano, a sardela é antepasto clássico e obrigatório no couvert das ruidosas cantinas paulistanas. Um bom copo de vinho ou uma taça de champanhe fazem da sardela um excelente início de refeição.

Pique o alho e corte os pimentões em pedaços médios, eliminando as sementes. Corte a pimenta dedo-de-moça, também sem as sementes. Leve ao fogo baixo para refogar no azeite. Adicione as ervas e o extrato de tomate e continue a refogar, até que os pimentões fiquem macios. Misture tudo muito bem, desligue o fogo e deixe amornar.

Coloque todo o conteúdo da caçarola no liquidificador, junte os filés de anchova e bata até obter uma musse espessa e bem homogênea. Volte a pasta obtida para a panela e, em fogo baixo, deixe reduzir até adquirir textura granulada. Retire do fogo e deixe esfriar. A sardela ficará ainda mais saborosa se for consumida fria, nos dias seguintes à preparação, servida com fatias de pão italiano.

MISCELÂNEA

Rolê de salmão e rúcula

O pão de forma cortado na longitudinal costuma ser vendido com o nome de "pão para torta fria". Como não tem casca, resseca muito rápido em temperatura ambiente. Durante todo o tempo de manuseio, e também depois de pronto e fatiado, é aconselhável manter o pão de forma sempre úmido. Para isso, cubra com as fatias e os rolês com um guardanapo úmido até o momento de servir.

COM O ROLO DE ABRIR MASSAS, COMPACTE CADA FATIA DE PÃO

Passe o rolo de abrir massas sobre cada fatia de pão, pressionando o suficiente para que diminua sua espessura pela metade e obtenha uma consistência compacta.
Sobre cada fatia, espalhe generosamente a maionese, cuidando para cobrir toda a

INGREDIENTES

PÃO DE FORMA SEM CASCA, CORTADO NA LONGITUDINAL
MAIONESE ✶ FOLHAS DE RÚCULA
FATIAS DE SALMÃO DEFUMADO ✶ AZEITE DE OLIVA VIRGEM
1 COLHER (CAFÉ) DE SUCO DE LIMÃO
MESCLA DE PIMENTAS MOÍDAS NA HORA

superfície do pão.
Lave bem e seque as folhas de rúcula. Retire o talo central de cada uma das folhas e coloque-as sobre a camada de maionese.
Posicione as fatias de salmão sobre a rúcula, cobrindo também toda a superfície.
Espalhe fios de azeite sobre o salmão, tempere com gotas de

A MAIONESE COBRE TODA A FATIA. POR CIMA, UMA CAMADA DE FOLHAS DE RÚCULA E, POR FIM, A CAMADA DE SALMÃO

Enrole, comprimindo com cuidado para não romper o pão. O rolo é então cortado em rodelas

limão e polvilhe com a mescla de pimentas moídas na hora .
Enrole cuidadosamente cada fatia montada, tomando o maior cuidado para que o pão não se rompa e o recheio saia.
Corte cada rolo em fatias de aproximadamente 1,5 cm de espessura. Arrume as rodelas num prato, cubra com um fio de azeite e sirva.

INGREDIENTES

1 MAÇO DE BRÓCOLIS
CEBOLA ROXA PEQUENA, CORTADA EM RODELAS FINAS
MANTEIGA ★ ARROZ PARA RISOTO
SAL E PIMENTA-DO-REINO MOÍDA NA HORA
1 XÍCARA DE VINHO BRANCO SECO ★ CALDO DE CARNE
QUEIJO PROVOLONE ★ CREME DE LEITE
QUEIJO PARMESÃO RALADO GROSSO

MISCELÂNEA

Risoto de provolone e brócolis

Lave muito bem os brócolis, separe os buquês e leve-os para cozinhar no vapor. Depois de cozidos, pique metade deles e reserve a outra metade ainda inteiros, com cabos não muito longos. Numa caçarola, refogue a cebola roxa na manteiga, até que fique transparente e ligeiramente alourada.

OS BRÓCOLIS COZIDOS NO VAPOR: METADE PICADA, METADE EM BUQUÊS

Arroz e refogado de cebolas, mais os brócolis, tudo cozido no caldo

Junte o arroz, continue refogando e, sem parar de mexer, acerte o sal e a pimenta-do-reino. Cubra o arroz com o vinho branco e continue mexendo, até o vinho evaporar.
Coloque um pouco de caldo de carne, de maneira a cozinhar o arroz lenta e cuidadosamente, mantendo o sempre úmido, coberto aos poucos pelo caldo. Acrescente então os brócolis picados e misture tudo muito bem. Corte o queijo provolone em fatias e as fatias em palitos. Quando o arroz estiver quase no ponto, incorpore o creme de leite e os palitos de queijo provolone. Mais uma vez, misture bem.
Desligue o fogo e tampe a caçarola, para que o arroz chegue ao ponto certo apenas com o calor. Espere cinco minutos e sirva com os buquês de brócolis e queijo parmesão ralado.

PALITOS DE PROVOLONE E CREME DE LEITE FICAM PARA O FINAL

MISCELÂNEA

Sopa de cebola gratinada

A CEBOLA É REFOGADA NA MANTEIGA E COZIDA NO CALDO DE CARNE. COLOCADA EM TIGELAS REFRATÁRIAS COM UMA FATIA DE PÃO E MESCLA DE QUEIJOS, VAI AO FORNO PARA GRATINAR

Numa frigideira, refogue por 30 minutos, em fogo baixo, a cebola na manteiga, mexendo de vez em quando para evitar que pegue no fundo. Tampe a frigideira e deixe que a cebola fique transparente e dourada.

Acerte o sal e a pimenta. Quando a cebola estiver caramelizada, transfira para uma panela e acrescente o caldo de carne, a folha de louro e o alecrim picado. Ferva e depois deixe cozinhar por 15 minutos em ligeira ebulição.
Numa tigela refratária, despeje a cebola e o caldo. Por cima,

coloque a fatia de pão e cubra tudo com os queijos parmesão e gruyère. Leve ao forno preaquecido para gratinar (se o forno tiver salamandra, melhor ainda). Sirva em seguida, ainda muito quente.

INGREDIENTES

5 CEBOLAS CORTADAS EM GOMOS (8 PARTES)
MANTEIGA ★ SAL E PIMENTA-DO-REINO
CALDO DE CARNE ★ FOLHA DE LOURO
ALECRIM PICADO BEM MIÚDO ★ FATIA DE PÃO TIPO ITALIANO
QUEIJO PARMESÃO RALADO GROSSO
QUEIJO GRUYÈRE RALADO GROSSO

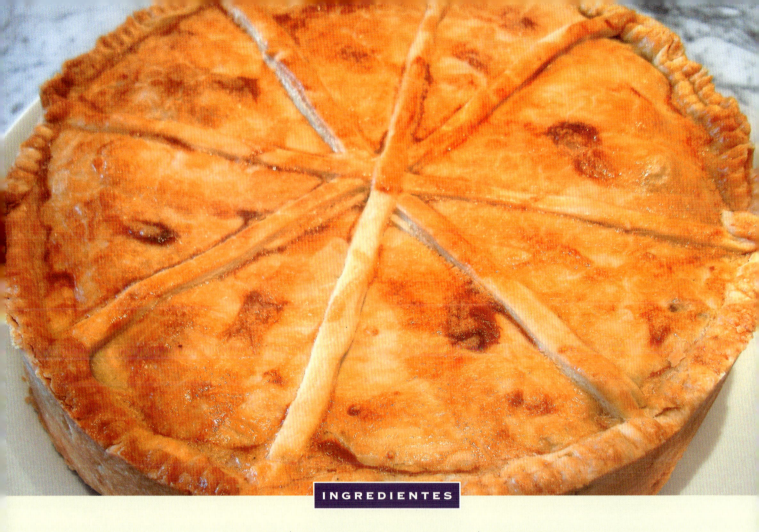

INGREDIENTES

BACON ★ 3 DENTES DE ALHO ★ AZEITE
1 CEBOLA GRANDE ★ COGUMELOS-DE-PARIS FRESCOS
PRESUNTO COZIDO ★ SOBRAS DE PERU ASSADO
1 CUBO DE CALDO DE GALINHA ★ PALMITO
TOMATES SEM PELE E SEMENTES
1 PIMENTA DEDO-DE-MOÇA SEM SEMENTES ★ ERVILHAS FRESCAS
SAL E MESCLA DE PIMENTAS MOÍDAS
AZEITONAS PRETAS SEM CAROÇO ★ 1 XÍCARA DE VINHO BRANCO
1 OVO BATIDO COM UMA GOTA DE AZEITE PARA PINCELAR A MASSA
MASSA PARA TORTA (COMPRADA PRONTA, CONGELADA)

MISCELÂNEA

Torta de peru

É raro não sobrar alguma carne junto à carcaça do que foi na véspera um belo peru assado. Fazer uma "torta do dia seguinte" é a melhor maneira de aproveitar as sobras. Esta receita também pode ser usada para fazer uma torta que não use sobras no recheio, mas o ingrediente de sua preferência — como peixe, camarão, bacalhau, frango, legumes, etc. — previamente assado, cozido ou frito. Para facilitar, use massa pronta congelada, encontrada nos supermercados.

O REFOGADO INICIAL DO RECHEIO

Ferva o bacon para eliminar o excesso de gordura e corte-o em cubos pequenos. Pique o alho, a cebola, os tomates e a pimenta dedo-de-moça. Corte em rodelas o palmito e as azeitonas. Desfie a carne do peru. Corte o presunto em tiras. Doure no azeite o bacon e o alho. Junte a cebola e refogue, em fogo baixo, até que ela fique transparente. Vá adicionando os demais ingredientes aos poucos: os cogumelos, o presunto e o peru. Refogue em fogo baixo com a panela tampada.

357

Adicione à panela o cubo de caldo de galinha esfarelado e misture bem. Junte as rodelas de palmito, o tomate picado e a pimenta dedo-de-moça. Misture tudo novamente e vá cozinhando sempre em fogo baixo. Despeje o vinho, tampe a panela e espere reduzir.

Refogue as ervilhas frescas até que fiquem semicozidas. Adicione as ervilhas ao recheio, ajuste o sal e a pimenta, tampe a panela e desligue o fogo. Unte generosamente com manteiga uma forma de assar (melhor ainda se for de fundo removível). Polvilhe farinha de trigo numa superfície lisa e sobre ela abra a massa pronta para torta, considerando o tamanho da forma a ser utilizada. Corte um círculo maior do que o diâmetro da forma, calculando nessa medida a altura da borda. Coloque cuidadosamente a

PERU, PRESUNTO, PALMITO, ERVILHAS E TEMPEROS REFOGAM E COZINHAM NO CALDO.
NA FORMA UNTADA, UMA CAMADA DE MASSA, DEPOIS UMA DE RECHEIO, ESPALHADA COM CUIDADO

SOBRE O RECHEIO, OUTRA CAMADA DE MASSA. É SÓ LEVAR PARA ASSAR, ESPERAR ESFRIAR E DESENFORMAR

massa no fundo e na borda da forma. Sobre a massa, coloque o recheio sem comprimir demais. Certifique-se de que a sobra de massa na lateral da forma deixou uma aba excedente. Corte um novo disco de massa, agora no diâmetro exato da forma, e coloque-o como uma tampa sobre o recheio. Vire a sobra de massa da borda para dentro, incorporando também o disco de cobertura, fechando assim o recheio da torta. Utilize os retalhos excedentes de massa para cortar tiras finas e fazer os adornos aplicados sobre a torta. Fixe também os adornos na dobra da beirada da forma. Utilizando os dentes de um garfo, faça pressão sobre a dobra que fecha a torta, vedando completamente as beiradas. Retire os excessos de massa. Leve ao forno à temperatura de 180 ºC. Quando estiver pronta, desenforme e sirva.

INGREDIENTES

FEIJÃO-MULATINHO COZIDO E TEMPERADO ★ CALDO DE CARNE
DENTES DE ALHO PICADO, PARA O FEIJÃO E PARA A COUVE
PIMENTA DEDO-DE-MOÇA, SEM SEMENTES, PICADA FINAMENTE
SALSINHA ★ SAL ★ FARINHA DE MANDIOCA
PIMENTA-DO-REINO ★ TOUCINHO PARA OS TORRESMOS
1 MAÇO DE COUVE-MANTEIGA ★ OVOS
BISTECAS DE PORCO ★ LIMÃO ★ FARINHA DE ROSCA
BANANAS-NANICA (BANANAS-D'ÁGUA)

MISCELÂNEA

Virado à paulista

O FEIJÃO PRONTO É BATIDO NO LIQUIDIFICADOR COM CALDO DE CARNE E DEPOIS MISTURADO COM FARINHA DE MANDIOCA

Coloque o feijão já pronto no liquidificador e adicione meia xícara de caldo de carne. Use a função pulsar do aparelho, de forma a triturar ligeiramente os grãos de feijão. Numa panela, refogue o alho picado, a pimenta dedo-de-moça e a salsinha. Quando o alho dourar, ajuste o sal e acrescente o feijão do liquidificador. Misture muito bem e deixe cozinhando por alguns minutos em fogo brando.

Quando o feijão batido estiver bem misturado com os temperos, vá, aos poucos, adicionando em chuva a farinha de mandioca, mexendo sempre com uma colher para que não encaroce.

> Especialidade da cozinha mineira "de arribação", em sua versão paulista é "prato do dia" obrigatório em todos os bares e restaurantes populares da cidade de São Paulo, servido sempre no cardápio das segundas-feiras.

Quando a mistura de feijão e farinha tiver obtido a consistência desejada, verifique o tempero, acerte o sal e a pimenta, retire do fogo e reserve. Corte o toucinho em tiras e cada tira em pedaços de aproximadamente 3 cm. Coloque numa panela com bastante água fervente, ferva por um minuto, desligue o fogo e deixe escaldando por uns 20 minutos, até a água esfriar. Escorra, salgue e coloque numa frigideira com pouco óleo (o toucinho já solta a própria gordura). Leve ao fogo baixo, mexendo sempre, para que os pedaços fritem por igual. Quando estiverem dourados e crocantes, com o couro

TOUCINHO PICADO VAI PARA A FERVURA. ESCORRIDO E SECO, FRITA EM POUCO ÓLEO ATÉ FICAR CROCANTE

"pururuca", retire, escorra a gordura e seque sobre papel absorvente. Reserve para a couve e para as bistecas o óleo que ficou na frigideira.

PREPARE A COUVE: lave bem as folhas da couve-manteiga e, com uma incisão, retire os talos centrais de cada uma delas. Sobreponha as folhas sem o talo, formando um maço compacto. Dobre o maço ao meio, enrole firmemente, amarre com um barbante e, com uma faca afiada, corte lâminas finíssimas. Lave mais uma vez a couve agora picada, escorra bem e escalde-a com água fervendo para que perca o amargor.

COUVE MUITO FINA E REFOGADA ACOMODA OS OVOS, QUE COZINHAM ABAFADOS

> Há grande semelhança entre o que é chamado virado de feijão e o que é conhecido como tutu de feijão. No virado, como o nome diz, os grãos de feijão inteiros são "virados" sobre a farinha de mandioca ou de milho. No tutu, o feijão é ligeiramente socado, de modo a obter algo parecido com uma musse.

Na mesma frigideira em que foram feitos os torresmos, retire um pouco da gordura restante e doure ali mesmo o alho picado. Escorra bem a couve já escaldada e refogue-a. Acerte o sal e a pimenta. Quando a couve estiver cozida, coloque sobre ela os ovos inteiros. Use um abafador para que cozinhem no calor.

PREPARE AS BISTECAS: tempere-as com limão, sal e pimenta-do-reino. Faça uma pequena incisão na tira de gordura branca que enlaça cada bisteca. Depois de pegarem bem o tempero, frite as bistecas na gordura reservada dos

AS BISTECAS DE PORCO TEMPERADAS E FRITAS NA GORDURA DOS TORRESMOS

AS BANANAS SÃO PASSADAS NO OVO E NA FARINHA DE ROSCA, E FRITAS

torresmos. Doure-as dos dois lados e reserve-as.

PREPARE AS BANANAS: descasque e corte ao meio cada uma das bananas, passe-as no ovo e depois na farinha de rosca. Frite-as em óleo abundante, numa panela à parte. Agora só resta mesmo juntar todos o componentes do virado à paulista para servir, e aí está a "grande arte": conseguir servir tudo ao mesmo tempo, no ponto e na temperatura ideais, como se saíssem simultaneamente do fogão. Boa sorte!

MISCELÂNEA

Torta de tomates

O TOMATE PICADO MISTURADO COM AS ERVAS E O ALHO. A MASSA ABERTA SOBRE UMA SUPERFÍCIE ENFARINHADA

Numa tigela de louça, coloque o tomate picado e o alho. Pique parte das ervas, reservando um pouco de cada uma, em folhas inteiras, para o final. Adicione as ervas picadas aos tomates, misture tudo muito bem, acerte o sal e a mescla de pimentas moídas na hora. Deixe descansar por alguns minutos até pegar o gosto dos temperos. Depois disso, drene o excesso de líquido antes de espalhar a mistura sobre a massa da torta.
Unte com manteiga ou margarina uma forma de torta (melhor se for de fundo removível). Abra cuidadosamente a massa sobre uma superfície enfarinhada

INGREDIENTES

Tomates maduros, sem sementes, picados ★ Sal
Alho picado muito fino ★ Orégano fresco
Folhas de manjericão ★ Tomilho ★ Ramo de alecrim
Mescla de pimentas moídas na hora
Massa para torta comprada pronta
Manteiga ou margarina para untar a forma
Tomates-cereja cortados ao meio, no sentido longitudinal
1 tomate-caqui cortado em fatias ★ Azeite de oliva virgem
Queijo de cabra (chèvre) cortado em rodelas

A MASSA ABERTA É COLOCADA NA FORMA UNTADA, CORTANDO A SOBRA DAS BORDAS. PRÉ-ASSADA, RECEBE A COBERTURA DE TOMATES VARIADOS

Sobre cada fatia de tomate-caqui, uma fatia de queijo chèvre

de maneira a cobrir com alguma sobra o diâmetro da forma (veja na foto da página ao lado). Apare as beiradas de massa. Leve a forma ao forno preaquecido por alguns minutos, apenas para pré-assar a massa. Quando a massa estiver pré-assada, cubra-a com a mistura de tomates picados já drenada do excesso de líquido. Espalhe bem por todo o fundo da forma e ponha sobre a cobertura os tomates-cereja cortados ao meio. Coloque as fatias de tomate-caqui e, sobre elas, as fatias de queijo chèvre. Distribua sobre a superfície um pouco de tomilho, orégano fresco e folhas de manjericão picadas grosseiramente e cubra com um fio de azeite. Leve ao forno alto (240 °C) por 40 minutos, desenforme e sirva.

INGREDIENTES

CAMARÕES MÉDIOS ★ LIMÃO
SAL E PIMENTA-DO-REINO MOÍDA NA HORA ★ 1 CEBOLA INTEIRA
CRAVO-DA-ÍNDIA ★ 1 PIMENTA DEDO-DE-MOÇA SEM SEMENTES
1 DENTE DE ALHO PICADO FINO ★ 1 CEBOLA MÉDIA RALADA
ÓLEO ★ 4 TOMATES SEM PELE E SEMENTES, PICADOS
2 CHUCHUS DESCASCADOS E CORTADOS EM CUBOS
SALSINHA PICADA ★ 2 XÍCARAS DE CALDO DE CAMARÃO
1 PIMENTA DEDO-DE-MOÇA SEM SEMENTES, PICADA

PARA A FAROFA DE DENDÊ: 1/2 CEBOLA ★ AZEITE DE DENDÊ
FARINHA DE MANDIOCA FINA

MISCELÂNEA

Ensopadinho de camarão com chuchu

PARA COMEÇAR, UM BOM REFOGADO

Limpe bem os camarões, reserve as cascas e as cabeças e tempere-os com suco de limão, sal e pimenta-do-reino. Prepare o caldo de camarão: lave bem, em várias águas, as cascas e cabeças de camarão reservadas. Coloque numa caçarola, junte a cebola inteira espetada com alguns cravos-da-índia e a pimenta dedo-de-moça sem sementes. Acrescente água até cobrir bem o conteúdo. Cozinhe até apurar o caldo, coe e reserve.
Em outra caçarola, refogue no óleo o alho picado e a cebola ralada. Acerte o sal e a pimenta-do-reino. Quando a cebola estiver dourada, adicione o tomate, o chuchu, a salsinha e a pimenta dedo-de-moça picada. Refogue tudo por aproximadamente 8 minutos em fogo brando, com a caçarola tampada. Junte o caldo de camarão e tampe novamente. Quando o chuchu estiver macio

Chuchu, tomate e caldo de camarão cozinham até apurar

CEBOLA RALADA E DENDÊ PARA FAZER A FAROFA

> Prato típico da culinária carioca, a mistura de camarão e chuchu chegou até a fazer parte do repertório de Carmen Miranda, na célebre música intitulada "Disseram que eu voltei americanizada". Ali pelo final da canção, ela diz:
> "Enquanto houver Brasil
> Na hora da comida
> Eu sou do camarão ensopadinho com chuchu"

e o molho reduzido a seu gosto, junte os camarões, mexa bem o refogado, tampe a panela e deixe cozinhando em fogo baixo. Deixe o molho reduzir, acerte o sal e a pimenta-do-reino. Sirva com arroz branco e farofa de dendê.

PARA A FAROFA DE DENDÊ: Refogue a cebola ralada no azeite de dendê. Acerte o sal e a pimenta. Quando a cebola estiver transparente, junte a farinha de mandioca fina e misture bem até a farinha começar a torrar.

Doces & Sobremesas

377
A TORTA DAS SENHORITAS TATIN

380
BOLO DE FUBÁ DA MANA MÁRCIA

385
LARANJINHAS KINKAN EM CALDA

387
MINEIRO COM BOTAS

391
PERAS BÊBADAS

393
PUDIM DE PANETONE

396
PUDIM DE LEITE

397
MANJAR BRANCO

INGREDIENTES

MAÇÃS
MANTEIGA SEM SAL
AÇÚCAR REFINADO
CRAVOS-DA-ÍNDIA
CANELA EM PAU
MASSA PARA TORTA

A torta das senhoritas Tatin

Descasque as maçãs, corte as em quatro e retire as sementes e os talos. Passe bastante manteiga numa forma ou frigideira que possa ir ao forno. Depois polvilhe com açúcar, formando uma camada generosa. Use alguns cravos e uma lasca de canela em pau. Acomode os quartos de maçã sobre a camada de açúcar, com a parte curva voltada para o fundo da forma.

> Num belo dia no final do século XIX, a pousada-restaurante das irmãs Tatin – Stéphanie, a "Fanny" (1838-1917), e Caroline (1847-1911) –, em La Motte Beuvron (região central da França), sempre muito frequentada por caçadores, entrou para a história da culinária. Dia de muito movimento, Fanny (ainda atordoada pelos galanteios de um caçador sedutor) ao preparar uma torta de maçãs colocou as frutas na forma e levou-as ao forno apenas com açúcar. Só depois se deu conta de que havia esquecido o mais importante: a massa. Na correria, não teve dúvida: retirou as maçãs do forno, colocou a massa de torta sobre as frutas já semicaramelizadas e levou tudo ao forno novamente, inventando assim, e mesmo sem querer, a torta ao revés, um grande mito da confeitaria francesa: a Tarte Tatin.

377

O FUNDO DA FORMA É UNTADO GENEROSAMENTE COM MANTEIGA E COBERTO COM AÇÚCAR. AS MAÇÃS SÃO ACOMODADAS NA FORMA DE MANEIRA A PREENCHER TODOS OS ESPAÇOS. A FORMA VAI AO FOGO PARA DERRETER O AÇÚCAR DO FUNDO ATÉ DOURAR E FORMAR UM CARAMELO, DEPOIS VAI AO FORNO A 200 °C POR 20 MINUTOS

Coloque a segunda camada de modo inverso, com a parte curva das maçãs voltadas para cima. Preencha todos os vazios com pedaços da fruta, fazendo com que fiquem bem rentes à borda da forma. Leve a forma ao fogo e deixe até que o líquido das maçãs se evapore. Quando perceber a calda dourada borbulhar no fundo, desligue o fogo. Leve as maçãs ao forno por aproximadamente 20 minutos. Corte um disco de massa ligeiramente maior

A MASSA COBRE AS MAÇÃS CARAMELIZADAS E ASSADAS

Há quem prefira usar a maçã verde descascada, mais ácida e mais rija.

do que o diâmetro da forma e aplique sobre as maçãs, reforçando as beiradas. Faça alguns furos com a ponta da faca para que o ar possa sair e a massa não se infle.
Leve a torta ao forno por mais 20 minutos. Quando a massa estiver dourada, retire e deixe amornar um pouco.

Quando estiver morna, vire cuidadosamente a forma sobre a travessa onde a torta será servida. Sirva ainda morna, ao natural ou então acompanhada de sorvete de creme.

DOCES & SOBREMESAS

Bolo de fubá da mana Márcia

Numa panela, misture o leite, o fubá, o açúcar e a manteiga. Leve ao fogo e mexa sempre até engrossar, fazendo uma espécie de mingau espesso. Deixe essa massa esfriar

> Só mesmo nas tardes mornas do verão se pode compreender inteiramente o que é tomar uma xícara de café fresco, acabado de coar, acompanhada de uma generosa fatia de bolo de fubá!

em temperatura ambiente. Bata as claras em neve. Na panela com a massa quase fria, coloque as gemas, as claras batidas em neve, o fermento e a erva-doce.

LEITE, MANTEIGA, FUBÁ E AÇÚCAR, MEXENDO SEMPRE PARA NÃO ENCAROÇAR, ATÉ OBTER UMA MASSA CONSISTENTE

INGREDIENTES

2 XÍCARAS DE LEITE ★ 2 XÍCARAS DE FUBÁ
2 XÍCARAS DE AÇÚCAR ★ 1/2 XÍCARA DE MANTEIGA (100 G)
4 OVOS (GEMAS E CLARAS SEPARADAS)
1 COLHER (SOPA) DE FERMENTO EM PÓ
1 COLHER (CHÁ) DE ERVA-DOCE
50 G DE QUEIJO MEIA CURA CORTADO EM CUBINHOS

Batidas em separado, claras e gemas se unem à massa da panela. A massa e o queijo espalhados na forma

O BOLO, CUJA MASSA É INICIALMENTE COZIDA, É ASSADO EM FORNO MÉDIO POR CERCA DE 40 MINUTOS

Unte uma forma de bolo com manteiga ou margarina, despeje nela a massa e acomode-a perfeitamente. Espalhe então os cubos de queijo, distribuindo-os em várias partes e profundidades da massa para que derretam uns longe dos outros.
Leve ao forno em temperatura média (180 ºC) por aproximadamente 40 minutos. Quando estiver pronto, retire do forno e desenforme o bolo ainda quente.

INGREDIENTES

LARANJAS KINKAN
AÇÚCAR
CRAVOS-DA-ÍNDIA

Laranjinhas kinkan em calda

Lave muito bem as laranjas, usando uma escova se necessário. Faça uma incisão em cruz na base de cada uma delas para que cozinhem por inteiro.

Numa panela, derreta o açúcar, junte os cravos e acrescente as laranjinhas. Deixe que as frutas se caramelizem por igual, misturando bem.
Adicione água apenas o suficiente para cobrir as frutas. Cozinhe em fogo baixo e com a panela tampada.
Retire cuidadosamente com uma escumadeira as sementes que se desprenderem das polpas. Quando as frutas estiverem macias e a calda espessa, desligue o fogo e deixe esfriar em temperatura ambiente. Sirva com queijo de minas meia cura ou queijo do reino.

LARANJINHAS BEM LAVADAS SÃO CARAMELIZADAS DIRETAMENTE NO AÇÚCAR, DEPOIS COBERTAS COM ÁGUA PARA INICIAR A CALDA

A CALDA ESPESSA, A FRUTA MACIA NA COMPANHIA DE UM BOM QUEIJO

INGREDIENTES

BANANAS-NANICAS MADURAS ★ AÇÚCAR REFINADO
1 COLHER (SOPA) RASA DE MARGARINA
CANELA EM PAU ★ CRAVOS-DA-ÍNDIA
3 COLHERES (SOPA) DE RUM
FATIAS FINAS DE QUEIJO DE MINAS MEIA CURA
1/2 XÍCARA DE AÇÚCAR CRISTAL
CANELA EM PÓ

Mineiro com botas

Difícil dizer com precisão o que é de fato a sobremesa denominada "mineiro com botas". Como o nome diz, uma especialidade da cozinha mineira, que às vezes se apresenta com doce de leite, com goiabada e até com ovos. Mas existe também o famoso "cartola", maravilha da doçaria nordestina. Os ingredientes básicos e o preparo das duas delícias da cozinha brasileira são muito semelhantes. Em ambos os casos, o interessante é o efeito saboroso obtido com ingredientes tão simples.

Descasque, tire os fiapos e corte as bananas-nanicas (ou bananas-d'água) no sentido longitudinal. Numa frigideira, coloque o açúcar refinado e leve ao fogo. Quando começar a dourar, adicione a margarina, a canela em pau, os cravos-da-índia e as bananas já cortadas. Quando as bananas estiverem caramelizadas e macias, despeje o rum sobre elas e flambe.

BANANAS, AÇÚCAR E ESPECIARIAS

BANANAS FLAMBADAS NO RUM E COBERTAS COM QUEIJO PARA DERRETER

Coloque as fatias de queijo de
minas meia cura sobre
as bananas e cubra com uma
tampa para que, abafadas,
derretam bem. Passe as bananas
para a travessa onde vai servi-las.

Aqueça muito bem o queimador
de ferro diretamente
na chama do fogão.
Sobre as bananas que estão
cobertas com o queijo derretido,
polvilhe uma generosa camada

O QUEIMADOR DE FERRO FUNDIDO, QUE É PRESSIONADO SOBRE O AÇÚCAR CRISTAL PARA CARAMELIZAR O DOCE

de açúcar cristal misturado com a canela em pó. Use então o queimador aquecido, fazendo ligeira pressão sobre o açúcar cristal, para obter uma camada uniforme, vitrificada, caramelizada sobre o doce. Por cima de tudo, derrame a calda restante e sirva ainda quente, com o queijo derretido sob a camada de açúcar e canela vitrificada.

INGREDIENTES

PERAS WILLIAMS MADURAS, AINDA FIRMES E COM A HASTE
AÇÚCAR
CANELA EM PAU
CRAVOS-DA-ÍNDIA
VINHO TINTO SECO

DOCES & SOBREMESAS

Peras bêbadas

SEM CASCA E COM A HASTE, AS PERAS SÃO CARAMELIZADAS E DEPOIS COZIDAS NO VINHO TINTO COM ESPECIARIAS

Descasque as peras com cuidado, mantendo a haste. Numa panela, derreta o açúcar, coloque a canela e os cravos e espere caramelizar. Refogue as peras nesse caramelo, envolvendo-as completamente.

Cubra as peras com o vinho tinto e deixe-as cozinhando imersas até ficarem macias. Retire e coe a calda do cozimento. Reserve. Quando as peras estiverem frias, passe para uma compoteira ou tigela. Cubra com a calda. Vede o recipiente com filme plástico e deixe na geladeira por, no mínimo, três dias, para que as peras absorvam o gosto da calda. Sirva com sorvete de creme.

INGREDIENTES

PARA O PUDIM: 1 PANETONE DE 500 G ★ 1 LITRO DE CREME DE LEITE FRESCO ★ 3 OVOS ★ 1 XÍCARA DE AÇÚCAR
1 COLHER (SOPA) MAIS 2 COLHERES (CHÁ) DE ESSÊNCIA DE BAUNILHA
1 COLHER (CHÁ) DE ESSÊNCIA DE AMÊNDOA

PARA A CALDA: 1/2 XÍCARA DE MANTEIGA ★ 1 XÍCARA DE AÇÚCAR DE CONFEITEIRO ★ LICOR DE AMÊNDOA ★ 2 GEMAS

Pudim de panetone

FATIAS DE PANETONE LEVEMENTE ASSADAS, PARTIDAS EM PEQUENOS PEDAÇOS E COBERTAS COM CREME DE LEITE

Corte o panetone em fatias de 2,5 cm de espessura. Numa assadeira, espalhe as fatias de panetone e leve-as ao forno médio (180 °C) até dourarem. Retire-as do forno e deixe descansar. Quebre-as em pedaços pequenos e coloque-as numa tigela grande. Despeje por cima o creme de leite e deixe descansando por uma hora, até que o líquido tenha sido absorvido. Preaqueça o forno em temperatura baixa (150 °C).

MANTEIGA, GEMAS E LICOR NA CALDA PREPARADA EM BANHO-MARIA ENQUANTO O PUDIM ESFRIA

Unte com manteiga uma forma refratária de pudim. Reserve. Numa tigela média, bata com o fouet (batedor manual de arame) os ovos com o açúcar e as essências. Junte ao panetone embebido no creme de leite, misture bem e coloque na forma refratária reservada. Asse por 90 minutos ou até a superfície do pudim ficar dourada. Retire do forno e deixe esfriar.

PREPARE A CALDA: coloque a manteiga numa tigela e leve ao fogo para derreter em banho-maria. Acrescente o açúcar, aos poucos, mexendo com o fouet até obter uma mistura cremosa.

O PUDIM FRIO É DESENFORMADO NATRAVESSA E COBERTO COM A CALDA CREMOSA

Ainda em banho-maria e batendo sempre, adicione 3 colheres (sopa) do licor e as gemas, uma a uma, e cozinhe por quatro minutos, sem parar de bater, até a calda ficar com consistência de mel. Um pouco antes de servir, preaqueça o forno em temperatura bem alta (250 °C). Espalhe a calda sobre o pudim já desenformado e frio. Leve ao forno por cinco minutos, até esquentar bem. Corte-o em pedaços retangulares e sirva. Na falta de panetone durante o resto do ano, tente o convencional pudim de pão.

Pudim de leite

INGREDIENTES

AÇÚCAR
1 LATA DE LEITE CONDENSADO
A MESMA MEDIDA DE LEITE DE VACA
3 OVOS

Para obter um pudim com muitos furos, leve ao forno em banho-maria com a água já quente e deixe cozinhar bastante tempo. Quanto mais tempo, mais furos. Para um pudim cremoso e sem furos, depois de bater no liquidificador, deixe descansar por 15 minutos e retire a espuma que se forma na superfície.

Coloque açúcar numa forma de pudim e leve ao fogo para caramelizar o fundo, as laterais e o centro de maneira uniforme. Bata no liquidificador o leite condensado, o leite comum e os ovos. Despeje na forma previamente caramelizada e leve ao forno, em banho-maria, por 60 minutos. Quando o pudim estiver pronto, frio e desenformado, leve a forma novamente ao fogo para fazer uma calda com o açúcar caramelizado do fundo.

Manjar branco

Unte com óleo uma forma de pudim. Reserve. Numa panela média, junte o leite, a maisena e o leite condensado. Cozinhe em fogo médio, mexendo sempre com uma colher de pau para não encaroçar, até a mistura engrossar (cerca de 10 minutos). Adicione o leite de coco, misture bem e retire do fogo. Transfira para a forma preparada e deixe esfriar. Cubra com filme plástico e reserve na geladeira até firmar (cerca de uma hora).

PREPARE A CALDA: numa panela média, junte todos os ingredientes e cozinhe em fogo alto, mexendo sempre com a colher de pau, até ferver. Reduza o fogo e cozinhe, mexendo de vez em quando, até a ameixa ficar macia (cerca de 10 minutos). Deixe esfriar. Desenforme o manjar num prato, cubra com a calda e sirva.

INGREDIENTES

PARA O MANJAR: ÓLEO PARA UNTAR
2 XÍCARAS DE LEITE ★ 1 XÍCARA DE MAISENA ★ 1 LATA DE LEITE CONDENSADO
1 FRASCO DE LEITE DE COCO (200 ML)

PARA A CALDA: 1 1/2 XÍCARA DE AÇÚCAR
2 XÍCARAS DE ÁGUA
300 G DE AMEIXA-PRETA SECA

Índice alfabético

Almôndegas ao molho madeira, **131**

Anchova assada com alho e vinagre, **37**

Arroz de forno, **299**

Arroz de polvo, mexilhões e brócolis, **310**

Arroz de puta rica, **333**

Aspargos grelhados, **272**

Bacalhau ao forno, **40**

Bacalhau grelhado com batatas ao murro, **43**

Batatas gratinadas, **275**

Bife a rolê paulistano, **137**

Blanquette de veau, **134**

Bolo de fubá da mana Márcia, **380**

Braciolette ripiene, **137**

Canapés de espinafre, **303**

Carne de panela com batatas ferrugem, **140**

Carne-seca com abóbora, **145**

Ceviche de sardinhas, **46**

Charque com abóbora, **145**

Codeguim com lentilhas, **148**

Confit de tomates, **278**

Coq au vin, **91**

Crostini ai fegatini, **306**

Costela bovina desfiada, refogada na manteiga de garrafa, **198**

Cuscuz de botequim, **309**

Dobradinha, **312**

Ensopadinho de camarão com chuchu, **371**

Escalopes recheados, **153**

Feijão-tropeiro, **317**

Feijoada, **320**

Fettuccine à moda do Gera, **249**

Fettuccine com camarão, tomate-cereja e folhas de rúcula, **204**

Fígado de vitela à moda do Vêneto, **154**

Figos com presunto cru, **15**

Filé à moda de Capri, **159**

Filé ao molho de mostarda, **167**

Filé à parmegiana, **162**

Filé de linguado ao molho de limão e manjericão, **49**

Focaccia, **327**

Frango ao molho pardo, **92**

Frango e a preguiça, O, **108**

Frango Marengo, **97**

Fricassée de frango, **100**

Frisée aux lardons, **16**

Galinhada, **105**

Gratin dauphinois, **275**

Laranjinhas kinkan em calda, **385**

Lasanha ao forno, **209**

Limoncello, **330**

Língua ensopada ao marsala, **168**

Linguiça caipira, feijão-branco e sálvia, **172**

Lombo de panela com molho ferrugem, **177**

Lulas recheadas en su tinta, **50**

Magret de canard à l'orange, **120**

Mandiocas marinadas, **280**

Manjar branco, **397**

Mineiro com botas, **387**

Molho ao ragu, **258**

Molho de salmão defumado, **225**

Molho puttanesca, **213**

Moqueca de polvo e camarão, **55**

Moules et frites, **58**

Nhoques com frango, **214**

Omelete da Dona Elianinha, A, **113**

Orecchiette baresi, **221**

Ossobuco de vitela, **179**

Ovos ao forno, **116**

Paella, a mais simples, **67**

Panzanella, **21**

Pão com ovo, **119**

Papelotes de mexilhões, **63**

Pasta alla Norma, **231**

Pasta al nero di seppia
    com lulas e camarões, **226**

Peito de pato com laranja, **120**

Peras bebadas, **391**

Pesto genovês, **234**

Pimentões recheados, **283**

Polenta com molho de linguiça calabresa, **336**

Polenta com queijos brie e gorgonzola, **286**

Polvo ao vinagrete, **70**

Porchetta, **182**

Pudim de leite, **396**

Pudim de panetone, **393**

Rabada com polenta, **187**

Ratatouille, **291**

Raviólis ao molho de rúcula, **263**

Raviólis de vitela com tomates frescos,
    mozarela e manjericão, **238**

Rigatones ao molho de gorgonzola, **241**

Rigatoni all'arrabbiata, **243**

Risoto de fígado de galinha e sálvia, **340**

Risoto de provolone e brócolis, **351**

Rolê de salmão e rúcula, **346**

Rosbife com salada de batatas, **188**

Salada de agrião e laranja, **24**

Salada de bacalhau da Maria Lucia, **27**

Salada de cebolas e bacalhau, **64**

Salada de rúcula, **31**

Salada niçoise, **28**

Salada verde com gorgonzola e maçã, **32**

Saltimbocca, **193**

Saltimbocca de peito de peru ao
    molho de limão, **125**

Sardela, **345**

Scaloppe farcite, **153**

Sopa de cebola gratinada, **354**

Spaghetti all'amatriciana, **244**

Spaghetti alle vongoli, **251**

Strogonoff de boate, **194**

Sua Majestade, a Farofa, **294**

Tagliatelle alla carbonara, **254**

Tagliatelle com molho frio de
    tomates crus, **261**

Tagliatelle verde com molho de atum, **266**

Tainha no sal grosso, **75**

Torta das senhoritas Tatin, A, **377**

Torta de peru, **357**

Torta de tomates, **366**

Vieiras salteadas na manteiga, **78**

Virado à paulista, **361**

Vol-au-vent de bacalhau
    à moda do convento, **83**

JOÃO BAPTISTA DA COSTA AGUIAR é artista gráfico consagrado, autor de capas de livro, logomarcas, cartazes e projetos editoriais. Criou um blog para guardar suas receitas, cujo sucesso o levou a criar o site Senhor Prendado (www.senhorprendado.com.br). Neste livro, João apresenta sua cozinha, pautada pela simplicidade e pelo prazer de cozinhar.

Este livro foi composto nas fontes Requiem, Copperplate e Gotham para a Editora Leya na cidade de São Paulo em agosto de 2011.